KB106307

왜 짙은 건
어두워져 가는 것일까

왜 짙은 건
어두워져 가는 것일까

발행일 2023년 6월 1일

지은이 정인지
펴낸이 손형국
펴낸곳 (주)북랩
편집인 선일영　　편집 정두철, 배진용, 윤용민, 김부경, 김다빈
디자인 이현수, 김민하, 김영주, 안유경　　제작 박기성, 황동현, 구성우, 배상진
마케팅 김회란, 박진관
출판등록 2004. 12. 1(제2012-000051호)
주소 서울특별시 금천구 가산디지털 1로 168, 우림라이온스밸리 B동 B113~114호, C동 B101호
홈페이지 www.book.co.kr
전화번호 (02)2026-5777　　팩스 (02)3159-9637

ISBN 979-11-6836-860-6 03810 (종이책)　　979-11-6836-861-3 05810 (전자책)

왜 짙은 건
어두워져 가는 것일까

정인지 시집

시 인 의 말

난데없이 불시에 찾아드는 거를 마다하지 않는다,
살다 보면 나도 모르게 짓게 되는 벌
잘났든, 못났든 내 자식인 것이다
시가 시인 것처럼, 쏘이면 따끔한

그래서 남의 허물을 함부로 들추지 않는다
내 허물이 될 수도 있기 때문이다

벌이 벌이 아니라면, 살아오면서 지은 죄를
달게 받는 부지런함은 없는 것이며
달콤한 꿀을 따 모은 벌집도 존재하지 않을 것이다

2023년 봄에

차 례

2부

3부

4부

1부

좋은 태생을 위하여

알래스카로 떠난 새는
죽을 곳을 왜 찾지,
자연스러운 자연스러움에 의지해
죽자마자 살아나는 일이
바로 태어날 것이기 때문일까?
둥지를 짓고 알을 낳듯, 죽기 위해 사는 것처럼
평생을 날아다녔다는 이야기가 사실일까?
어둠침침한 골방에서
이야기 좋아해 가난하게 산다는 말을 들은
생판 남이어도 믿기 어려운 현실이 활기를 띠고 있다
불행하고 가여워
마음을 붙잡고 있을 더 이상 머무를 시간 없이
앞으로 나아가기만 하면 되는 것이다

본 사람을 또 볼 수 있다는 건 얼마나 다행인지
지독한 공감 너머, 아침을 읽는다
근황을 알 수 없는 문장처럼 흐르는 기분이
불안 속에 심장은 스스로에게 묻는 질문지 같다
들끓는 시궁창의 쥐처럼
장마철의 긴 꼬리는 감췄다 드러나기를 반복한다

그 사이로 태양은 비집고 들어와
무너지지 않는 근엄한 표정의 성을 쌓는다
그러나 혹자는 믿음은 눈부시다 못해
언제, 어디서, 공격해 들어올 줄 모르는 적군의 칼날 같다
고 말한다
방어란 처절한 새 울음소리로 빛난다
청각을 가로막는 미지가 박혀 있던 성벽을 불러낸다
앉아 있을 수만은 없다
눈이 멀 만큼 새하얀 새 마스크를 꺼내 든다
바이러스와 싸워 이긴, 이 고비가 지나면 사람들의 입에
전설처럼 오르내리는 슬프지만 모두에게 귀감이 될
영웅이 되어 있을 것이다

끝까지 살아남아
사랑해서 길 잃은 나는
오늘도 그리워하고 있다

반신반의하면서도

주말은 다를까, 평소와.

가볍게 쓰자, 무게 때문에 앞으로 걸어 나갈 수가 없다. 가는 게 목적이므로, 어디든.

숲이어도 좋고, 공터는 쓸쓸하고, 거리는 한산하다. 어딘가에 있는 나를 생각한다.

기다리고 있는. 내가 오기만을 기대하며 목이 빠져라 포기할 줄 모른다.

거의 병 수준이다. 투명한 환자라는 뜻이다. 깨끗이 도려내고 마취에서 풀려나야 할.

무게를 짊어진. 지게 가득 나무를 옮기는 아버지. 그게 쉽지 않은 일이란 걸 뒤늦게 알았다.

철이 들고부터 무게의 무거움을 알았다. 독이 될 수도 있고, 약이 될 수도 있는

기로에 서 있다. 기가 막힌 일로 풀어야 할 숙제를 한 아름 안고서

쓰러지는 법을 몰랐다. 모르는 것을 아는 것만큼 잘 쓰러지고 일어나고 싶었다.

오뚝이처럼. 장난감은 아니지만 그래야 할 것 같은 생각으로 벗어날 수 없었다.

주말에도 주말다운 무한한 책임감을 느꼈다. 차곡차곡 쌓여 속 좁은 뜰을 점령하였다.

그게 낯설지 않은 풍경이었다. 겨울에는 차가움이 박혔다.

가슴이란 가슴에 모조리 와, 커다란 바람이 불을 지피는 바람이 불었다.

이리저리 쓸리는 낙엽이 길을 잡고 길을 물었다. 어디 서든 볼 수 있는 사람들이었다.

사람들은 사람이어서 묻고 대답하였다. 끊임없이 갈 길이 먼 것처럼

행색이 남루하였다. (우습게도 부귀와 영화의 한 장면이 스쳐 지나가는) 홀가분한 게

없는 모양이었다. 스스로가 스스로에게 기대고 안겼다.

거리낌 없이 주고받는 말들이 히히잉 울었다. 여기까지 왔다고. 씨알도 안 먹힐 줄 알았는데

아는 것은 모두 모르는 것이 돼버리고, 새로 알아야 할 것들이 천지여서 연습 삼아

천지개벽하는 줄 알았다.

쉬운 일이 아님에도 긴 것처럼 짧지 않은 여정이었다.

험난한 문가에 매인 몸으로 나 몰라라 하는 건 아니었다.

나부터 챙기고 보는 스타일이었다. 그렇지 않다면 (지금

이러고 있지도 않았을) 구겨지고

밀리는 마음이 쓰이는 일이 태산이었다. 밥을 굶겨 보냈다.
자꾸 태산이 높다 하되, 하늘 아래 뫼인 것은 맞다.
그만한 나는 있지 않을까?

미리 겁먹지 말자.

고백

야생의 산 다래는 딸 수 없는 안타까운 곳에 매달려 있었다.
그냥 지나쳤더라면 편했을 높이였다.
산 다래의 맛을 아는 사람은 다시 산 다래를 먹고 싶어 한다, 맛있으므로.
잊지 못하고 있는 경우가 대부분이다. 하고많은 것 중에 "하필"이라고
말하지 말자, 그래서 함부로 먹지 말라는 말이 생겨났을지도 모른다.
말은 풀을 뜯지만 인간은 모든 것을 먹어 치운다, 최상위의 포식자로서.
우뚝 서 있는 주위에 아무도 없는 고독의 모습을 하고서, 흡사 전쟁에서
승리하고 돌아온 갑옷을 입은 우두머리와 비슷하다.

그러나 적진에서는 패배의 쓰라린 경험을 알아야 한다.
여러 병사들을 집합시켜 설득해도 소용없을 땐
무기를 버리고 항복을 해야만 위태로운 목숨을 유지할 수 있다.
초라한 전리품이라도 챙겨, 혼자 독식하려는 환상에서 깨어나

나눠 먹는 이치를 깨닫고 내려와야 집에서 기다리는
가족들의 품에 안길 수 있는 것이다.

무용담처럼
남겨 놓을 수 있는 것을 거스르지 말라.
남겨 놓을 수 있으므로 해서 날이 밝고 해가 뜰 것이다.
영원히 지지 않을 혜택을 입은 새가 날아와
배고픈 밤을 견딜 것이며, 자손을 번창시켜 한 알의 밀알이
다음은 당신 차례로 기적을 맛보게 할 것이다.

여기저기 애쓴 흔적이 널려 있었다.
말이 없을 정도로 할 말을 잃은 표정이 역력하다.
아까운 시간을 허비했고, 주변의 것들을 못살게 굴었다.
누군가 지나가다 본다면 상상할 수 있을까?
저 위의 다래를 따기 위해서 물불 안 가리고
이런 만행을 저지름을.
돌들은 어렵게 마련한 자리인 만큼,
영혼이 뿌리째 뽑혀 나가야 하는 상실의 아픔을 겪어야
했고
쓰러져 쉬고 있는 나무는 억지로 끌려와 힘없는 사지 육

신을 써야 했다.

처음처럼 그들이 자연스러워지기까지, 어색하고 불편한

심기를

감출 수 없을 것 같다.

들러 보면

차마 눈 뜨고 볼 수 없는

낯 뜨거운 현장,

나도 어쩔 수 없이 뜨악한 당신이 좀 그렇다.

돌탑

바쁘게 움직였다 정제되어 있지 않는 것은 때론 틔우는 쪽이다
네 편 내 편 없이, 하루의 뜰도 계절에 맞게 고무되어
이제 108배는 예전보다 쉬워졌다
무엇이든 처음이 어렵지만 나중은 나아지게 된다
또 다른 경우도 따져 보면 수없는 모래 알갱이, 호쾌한 파도가 치면
쓸려가 버릴, 내 생애 생식으로 쓴 야채를 먹었다 쓴 것들이 정신적으로
개인의 자유를 부른다 절박해 즐겨 쓴 비유는 이제 와서 달콤할 수 없다
마스크를 벗은 날씨는 예외다 오늘따라 맑고 정숙하다
까마귀 한 마리의 울음이 거기에 훼방을 놓고 사라지지 않았던들
지구 한켠에 전쟁이 믿기지 않을 만큼 명목상 평화롭다
지금부터 가을까지 계속해서 핀다는 다알리아를 심을까 한다
고장 난 휴대전화는 불길함 대신 꽃말을 거부한다
믿음은 언제나 선처를 호소한다 호소만큼 깊은 호수도 없다

그 주변을 산책한 지 꽤 오래됐다 잊어, 어둠이 되지 않길 바란다

누구나 한 개의 심장으로 이루어진 묘목을 가슴에 심는다 봄이면 그래서

세상은 꽃이 더 많아질까? 푸르름이 녹음을 향해 짙어 간다

패색의 왕이다, 단정을 하지 않은 채 창문마다 가능성을 열어 둔다

변화의 바람이 종전을 선언하고 새로운 대통령은 선언문을 낭독한다

흐트러지는 집중력을 모아 기념일에 담는다 바구니 가득 알이 새를 깐다

그거야말로 기념비적인 일이다, 탄생일에 가까운 비상하는 소리가

증오가 사랑으로, 소음이 부처로 바뀐다

성수기를 기다린다 열일을 할 수 있는 잎들이 반짝인다

어젯밤 꿈은 수면에 잠겨 떠오르지 않는다

물에 시신은 부풀어 오르고, 시간을 벌어 마음의 빚을 갚고자 하는 돌이

차분히 고비마다 자란다

겨울은 겨울을 잊게 해 줄 무엇이 필요했다

가을에, 겨울에 갈 곳을 정했다 미리 알 수 있는 건
죽음뿐, 모르는 것도 나를 믿어 보기로 했다

하루가 너무 흐려서 지워질 것 같다, 지우개라도
이런 날이 되리라곤 상상하지 못했다
기대에 어긋나 버렸다고 해서 달라질 것 없는 일상이었다
더할 건 더 하고 뺄 건 빼야 했다
아무것도 할 수 없지만 헛된 시간을 보내고 싶지 않은
마음만큼은 확실했다
아직까지는, 그 마음이 변함이 없는
그곳을 그려 보는 중이다

무턱대고 생각만으로 좋은 순간이 있다, 지금처럼 막연히
겨울이 기다려지고 누군가와 춥지만은 않은 온기를
나눌 수 있을 것만 같다

서로가 바라는 걸 이룰 수 있도록 북돋아 줄 용기가 간절
한 이유에서다

타인이지만 타인이 아닌, 우리라는 같은 사실 하나로

외롭지 않은 힘을 얻는 존재임이 분명하다

말없이 통하는 걸 밝히려 들지 않는 침묵이
어색하지 않은 표정으로 눈에 띄는 화분이거나,
사람이거나, 함께 할 수 있을 때 과장된 꿈자리가 되고
나의 경우 물러설 수 없는 선택지가 된다

거기에 눈이 오면 좋을 것이다, 창밖으로 흰 종이에 까만 활자처럼
불시에 찾아온 설렘 같은 거, 만인의 애인이 되어

후회하지 않을 자신 있다고, 넓다고, 하늘은 품는 품이
언제 봐도 자랑스럽게 말 할 수 있을 것이다

더 깊이 애틋하게 사랑하게 될 것이다

꿈 앞에서 현실은 설 자리를 잃어버린다*

---

* 생텍쥐페리, 〈인간의 대지〉 중에서

고향에서 온 유자를

써야 할 것 같았다, 동그랗고 노랗고 반감이 없으므로. 누구에게나 그렇다는 건 귀한 일이다. 귀금속처럼 반짝이지 않아도 속이 꽉 찬 과즙의 알맹이가 느껴졌다. 느낌만으로 모든 것을 해결할 수 있다면, 그것 또한 나쁘지 않겠지만 불가능한 일의 꼬임에 빠질 수 있다. 헤어 나올 수 없는 미로의 어떤 사실이 서글프다. 유자는 유자지만 유자니까 유자일 수 있어서 좋겠다. 하염없이 가슴에 맺힌 턱 밑까지 차오르는 과밀한 욕구, 주렁주렁 매달린 나무는 아직도 거기에 있었다. 변함이 없다는 건 변할 수도 있었는데 변하지 않았다는 뜻으로 받아들이자, 나쁘지 않은 귀결에 손이 닿을 수 있었다. 딱 거기까지만 호의를 베풀어준 주인께 감사하다. 지금의 내 집에 있는 실물은 실물이 아닌 것 같은 조용함으로 뭉친 빛을 발하고 있다. 오며 가며 누군가의 얼굴을 들여다보듯 보고 있다. 없는 사랑도 만들어 낼 수 있는 용기가 가상하여 한쪽에서 초라해지는 슬픔도 감수한다. 소망할 수 없는 이야기는 어딘가에 살아남아 열매 맺기를, 깊고 깊은 간절한 것들은 하지 않기로 했다.* 애써, 애써야 할 것들이 말을 하면서도 틀릴지도 모르는 우물의 기억을 덮고 거긴 여전히 아름다운 곳으로 피가 되어 내밀하게 흐를 것이다. 아마도. 당분간 슬픔을 잊고 싶을 만큼 커다란 우주의 기운이 들어와 빚은 나의 사랑, 나의 행복, 취해 도 좋을 술이여! 도수 높은 깨지 않을 꿈을 담은 그곳에서 만난 사람들과 함께 마셨던 시간의 향기까지. 나름대로 산다는 건, 캄캄한 이른 새벽길에 북두칠성과 카시오페이아를 가리키는 역사를 뒤로하고 돌아와 추억하는 것이나, 눈물방울처럼 또렷하던 별 무리 속으로 빨려 들어가, 다 끝날 때까지 그때의 잔영을 깔고 앉아 자리를 박차고 일어나지 못하고 있는 것이다. 도깨비에 홀린 듯 찰나의 별똥별을 본 행운을 누리는 것이다. 거짓말처럼.

---

* 채윤희, 〈고양이로 불리는 일〉

끝장을 보는 대신

불이 환하다. 분에 넘칠 만큼
희다 못해 창백한 불빛, 껐다 다시 켠다.
사라졌다 나타난 사람 같다, 죽은 뒤에는 그럴 수 없는데.
남겨 놓은 흔적과 함께 날마다
조금씩 살아나는 기분을 맛본다.
아껴서 먹는 중이다, 아끼지 않으면 안 될 사람처럼
집착이 심한 편이다.
이제 그만 잊어야 하는 사람을 잊지 못하는 것도 그 때문
이다.
매일 같이 다른데 한눈팔 새 없이
끝장이 얼마 남지 않은 시집을 읽는다. 반복해서
처음으로 돌아가고 싶은 마음이 없는 것도 아니면서
끝장을 보기 전에 비장한 각오로
어둡지 않은 방에서 책갈피를 넘긴다.
쪽수가 바꼈다. 그때마다
쪽팔리게 가슴이 철렁 내려앉는다
제 발등을 찍는 끝장을 보는 대신
생각 없이 시간을 흘려보내기 위하여 밖으로 나왔다
그걸 알 리 없는, 그친 줄 알았던 모진 비가 내린다.

포기란 빠를수록 좋은 법,
진심이 아니면 통하지 않는 짓을 하려다 그만두었다.
악취가 진동하는
음식물 쓰레기를 버리는 것도, 제발 거기에
몹쓸 벌레가 끓지 않길 바라면서
끝까지 희망을 가져 보려 애썼다.
힘든 만큼 아무도 못 말리는 계절이 지나갔다.

눈썹 문신 때문에

세수도 못 한

오늘까지 흐렸으면 좋겠다, 나만 생각해서 그러면 안 되지.

그건 이기적이야, 네가 싫어하는. 끔찍이도 변함이 없구나, 사람은.

추워. 문을 닫을까? 아니야, 무시한 채 버텨 보기로 한다.

버틸 수 있는 한 신선한 공기를 쬐기로 한다, 햇빛 대신.

누군가가 강하게 집착할 공감 능력을 식물처럼 기르기 위해

날마다 물을 주지 않는다. 까발려진 자존심이 쑥쑥 자라

잎을 넓히기를 멈추지 않는다.

따돌림을 직접적으로 당해 본 적은 없지만

추위에 강한 면역력을 키우는 중이다. 얼어 죽지 않은 채,

원망 섞인 고문이 끝날 날을 기다린다.

조금만 더 참아 보기로 한다.

날씨는 한 사람이라도 원하지 않으면 바뀌지 않는가 보다. 신기하게도

마음이 놓인다. 하루쯤은 이해도 되는 날이 있었으면 한다.

남으로부터 시작해, 남으로 끝나는 시작이 이어지리라고 기대해 본다.

일인칭을 벗어나
밖으로 나갈 수 없는 시간이 계속되고 있다.

입장이 바뀌길 바란다, 파괴적으로 완전히 뒤집을 수 있는
뜨거워진 불판처럼 사장님은 판을 갈아 치운다.
거기에 올려진 고기 한 점을 집어 먹는다.
채식을 위해 포기하지 못한 지글거리는 기름이 타고 있다.
'내 속에 내가 너무 많아……'
오. 맙소사, 빛이 나고 있다.
준비가 안 된 죽음처럼 공포스러운 13일의 금요일이면
화로 숯불갈비 집에서 외식을 하고 돌아온다. 제정신으로

빛을 다루고 받아들인다.

줄어들까 봐 걱정이 된 세상은 꿈꾸는 자의 것이라고 했다

뭐라도 될 것 같은 세탁은 불가라고 하네, 여기서부터 시작하자,
부풀었던 열매는 작고 초라해졌다.
쓰기 좋은 것을 쓸 수 없을 때처럼
둘로 쪼개진 마음을 크게 하나로 뭉치자 나왔다. 병이. 오늘 하루도
깨끗이 실패하자 투명해 보였다. 책장에 부딪혀 가며 더듬더듬,
뭐라도 될 것 같은 어둠 속에서 스위치를 찾아 불을 켰다.

면으로 된 선물용 가방 하나를 주문하자,
문자가 도착했다.

억장이 무너지듯 어떤 말은 비수에 와 꽂힌다.
빠지지 않는 번뇌가 수행을 끊고
출가한 불가라고 하면 절을 일컫는 말, 혹은 정말 싸늘한 불가,
심장이 얼어붙는

문자는 오래전 친구 언니의 이름인데

그리 친하지 않은 기억 속에 사라지지 않고 있다.
평생을 잊지 못한 너무 생생한 아름다운 겨울밤의
눈송이와 함께.

책은 읽어 두는 게 저축하는 것 같다. 미래를 위해서
불이 차례로 꺼진다. 낯선 외국인의 집을 세 번의 다짐같이
지켜보고 있다. 보이지 않는 것을 보다 못해 그럼, 더러운
것보다
생각하면서 드라이클리닝을 해야 하나? 바람에 흔들리는
속으로
혼자 나무는 다시 꿈꾸는 잎을 틔우고 뿌리를 키웠다.

이제 꿈을 꿀 수 없다는 것처럼
암흑이 있을까.

밀폐된 방안에서
어제 찾은 네 잎 클로버를 생각한다

내가 찾은 불완전한 네 잎 클로버

누군가에게 잘 보이고 싶은 마음이 은연중에 나타나는

그리하여 지친 기색이 역력한

너무 애쓰지 않아도 눈에 띄고 말걸,
때론 터무니없이 공든 탑이 무너지듯이

부담을 느껴야 하는 나이

어떤 사람이 안 되어서 뒤늦게
찾아 와 준 것이 아닌가 싶다

믿을 수 없는
완벽한 것도 있지만
그와 반대되는 피조물

상상 속에 펼치는 책갈피에 그대로
간직되길 바라는 마음뿐이었다

오후의 날씨는 묵살당하고
다시 한번 소리 내어 죽고 없는 사람의 시를 읽지

어두워지기 전에
해야 할 일을 내일로 미루고서 말이야

사랑해 주지는 못할망정
남 마음 아프게 할 자격이 있는 사람은
아무도 없어

세 잎 옆에 이제 막 돋아나는
새 잎을 알아본 뒤,

그 행운이 참회의 길로
이어졌으면 좋겠다

굳이 밝히려 들지 않는 구세주라 해 놓고

컵을 앞에 두고 있다
돌처럼 단단한 머슴 돌쇠가 떠오르는
깨지지 않은 컵을 알고 있다
싸구려 임에도 불구하고 이 컵이 바로 그 컵이다
이름도 없이 생긴, 똑같은 여러 개의 컵

그중 하나를 간택해 맞은 왕비처럼 모셔 두고 있다
새롭게 보인다는 것은 아름답다는 의미, 떠받들 자세가 되어 있다

컵 안에 들어 있는 정신을 마신다, 각성의 효과가 있다,
매일 먼저 손이 가는 아침

어느 생각에 미치자,
비즈니스의 협상이
연인 간의 사랑이
쉽게 깨지지 않는 컵이 있다

비로소 나는 안심한다

믿어도 될 사람은 따로 있는 것 같았다

언젠가 깨질 거라고
말을 잘못하여 재빨리 바로잡는 사람이 있었다
기억에 무한한 애정을 쏟아붓는다

이미 늦은 것은
처음 사 왔을 때와 다르다, 사실 확인이

컵으로 정하자 맹렬한 글쓰기로 몰입할 수 있을 것 같았다
곁에 있던 사람과 함께 놀라워한다

며칠 전에는 푸른 지구처럼 둥근 선물 받은 접시가 깨졌는데
작고 사소한 일로 넘겼다

"예사롭지 않은 기후 변화였습니다."
심각한 수준의

누군가의 실수로

바닥에 떨어뜨렸을 때조차 말짱해,
가슴을 쓸어내리는 순간이었다

믿을 수 없었다, 보고도 보이는 걸 눈은 의심해야 했다
자꾸만

마음을 먹으면 되는 일이 있다고는 하지만
마음을 먹어도 되는 일이 없을 수도 있다

눈이란, 희고 밝은데

컵을 쥔 온기만으로도 따뜻한
겨울을 날 수 있다

오월에, 밤을 깝니다

서랍에서 긴 밤을 꺼내
테이블 위에, 화분 밑에 깝니다

불현듯 생각은 빛이 켜지기 때문에
쓸모가 있게 보입니다

밤은 매일 매일 끝없이 이어져
여기에도 비단처럼 깔아 쓸 수가 있어요

그런데 번개같이 든 이런 생각을
왜 여태 하지 못했는지……
작지만 큰 변화를 가져다준 아침에는
그동안 있는 것도 모르고 산,
기쁨 뒤에 오는 자멸감이 한꺼번에 밀려듭니다

생각이 바뀌면 사람의 목숨도
살릴 수 있기 마련인데……
밤처럼 텅 빈, 깊고 까만 누군가에게 도움이 됐으면 합니다

재미없는 인생이라고, 대놓고 말할 수 있는 충격에서

벗어나지 못하고 있어
이윽고, 우여곡절 끝에 분위기를 새롭게 살려 줄
산뜻한 조언을 가진 세심한 손길을 구합니다

구하라! 그러면 주실 것이니,
이제 테이블은 전과 다르게 바뀌었습니다
왔다 돌아간 사람이 다음에 오면
달라진 집 주인의 마음을 느낄 수 있을 겁니다

밤은 영원히 밤이라 불가능한 관계 같지만
테이블 위에 안성맞춤인 밤이 펼쳐 놓은 것들을 씁니다
폭죽이 터지는 밤바다, 끌어안은 연인, 밤에도 시들지 않는 파도,
흰 눈밭 같은 착각이 드는 모래 해변, 나란히 앉을 수 있는 벤치,
늘 잊지 않고 하는 이야기처럼

환한 연둣빛 색으로 말할 뻔한 밤도
결국에는 허무하게 사라질 것처럼
시간은 빠르게 흘러 초조하지만

자고로 흐르지 않으면 썩는 게 물 아닙니까?
공교롭게도 당신은 너무나 잘 써,
그대로 멈춰 있을 것 같지 않고

어느 날엔가 나는 마음이 변해 미용실에 가……

당신은 당신 생각으로 가득 찬
긴 머리를 자를 수 있나요? 없나요?

당신을 믿고 나는 미용실에 가는 것을 미룹니다.
대신 당신과 함께 하루에 한 번씩 산책을 합니다.

우린 서로에게 숨을 쉬는 것처럼
필요한 사람이 되어갑니다.

당신에게 아직 긴 머리를 잘라달라는 부탁을 하지 않았고
아니 할 수 없었고, 당신도 나의 마음속 일을 모르고
천천히 말해도 될 것 같긴 하지만
선불리 말할 자신이 없는
말 못 할 사정이 있는 사람처럼
부화시킬 수 없는 알처럼 품고 있는 생각일 뿐.

사람이 어떻게 그럴 수 있는지
무책임한 사람에 분노합니다, 이런 낮도깨비 같은
갑자기 튀어나온 말이나 쓸데없이 쓰며

왜 늘 앉아만 있는 걸까요? 서 있고 싶은데 이상한 일입니다,

이상한 일이에요, 생각해 보면.

그렇다고 누굴 원망할 수 없어요. 모두 다, 나 때문이기 때문에

무슨 말을 해야 할지 몰랐다.

햇볕을 쬐려면
추위를 더 견뎌야 했다.

흰 크림빵

난해한 시처럼

식탐에 빠진 장난감은
망가지고 싶은 꿈을 가지고 있다

나쁜 꿈을 꺼내 나쁜 음식처럼 골라 먹었다

천사가 악마처럼 보였다
악마가 아니라고 해서 천사인 것은 아니기 때문에

나는 나를 모르는 타인과 닮았다

투명한 물이 든 투명한 유리컵이 눈앞에 있다
더럽혀지거나 깨지기 쉬운 것들이다, 햇빛처럼 부담스러워

혼자만의 편안한 시간을 갖게 됐다
고여 있는 것들은 속에서 썩어 갔다

납득이 안 되는 이유로 그곳을 벗어나지 못하고 있었다

밤에 쓴 일기보다, 아침에 쓴 일기가 더 밝은 건
여전히 흐리지만 어제보다 좋아진 날씨 때문일 거야

생각이 짧아 망쳐버린 일들 때문에
고무줄처럼 늘이고 싶었지만 버려지는 수모를 당했다

해피엔딩으로 끝나는 드라마를 봤다
어렵게 얻은 것들일수록 성취감이 클 거라 생각했다

욕망에 충실한, 어울리지 않은 드레스를 입고
달콤함이 입안에 사르르 녹아내리는
퇴폐적이고 향락적인 파티를 즐기는 사람 같았다

허리가 굽어가는 노파 흉내를 냈다

유리의 존재*

꽃은 사면 되지만
투명한데 가로막는 유리의 존재를 바라보고 섰다.

곧 보이는 밖으로 쉽게 다가갈 수 있을 것 같아도
뿌리칠 수 없는 완강함으로 버티고 있는 유리를 통과할 수 없다.

유리에는 많은 것들이 비치지만
문이 닫힌 상태에선, 그 어떤 물리적 힘도 행사할 수 없다.

무거운 몸을 이끌고 유령처럼
가까이 갔다, 말없이 돌아오고 있을 뿐이다.

눈을 감고도 알 수 있는 것들이
손만 뻗으면 닿을 수 있는 거리에 있다.

달라져야 한다.
깨져야 하고 박살 나야 한다.
더 이상 영롱하지도 않고 닦지도 않은
더러운 유리는 눈앞에서 사라져야 한다.

그리고 다시 죽은 친구이거나, 애인이거나 만날 수 없는
우리는
매일 똑같이 반복되는 보이지 않는 따뜻한 체온 같은
유리에 기대 있으면, 어느덧 흐려질 것 같은 경계 너머를
변함없이 바라보아야 한다.

그것이 깨뜨릴 수 없는 유리 앞에 선 숙명.

---

* 김행숙 시, 〈유리의 존재〉 제목 빌려 씀

밤 속의 밤

밤은 열었던 창문을 닫아야 하는 밤이다
밤은 쓸 것들이 어둠처럼 무한한데 쓸 수 없는 밤이다
내가 마시는 커피는 밤과 닮아 있다
티스푼으로 저을 수 없는
누군가의 새카맣게 타 들어가는 속도 밤일 것이다
밤은 꽃을 잃은 꽃나무가 침묵하는 밤이다
밤은 짧은 꿈으로 끝나버린 사라진 꿈이 밤일 것이다
밤은 어둠에 손이 닿지 않는 밤이다
밤은 또, 왜 이렇게 빨리 찾아오는지
밖에 켜 놓은 불빛을 바라보고 서 있는 것이다
밤은 먹고 싶어도 참아야 하는, 먹을 수 없는 식탁 위의
빵이다
밤은 꼭 들어야 할 말을 듣고 만 냄새가 고약한 밤으로
아무도 맡고 싶어 하지 않는 식물의 잎일 것이다
밤은 나쁜 재료가 아닌데 싹이 나버린 양식일 것이다
밤은 꼭 시를 지어야 하는 밤이다
밤은 부르고 싶은, 그러나 부를 수 없는 이름일 것이다
밤은 그러면서도 어쨌든 깨어 있어야 하는 밤인 것이다
밤은 밤은, 하고 계속 생각하다 보면
온 집안을 마치 자기 집처럼 돌아다니는

말 못 하는 귀신을 만나게 되는 밤이다
초라한 은둔자일 뿐인 밤은 이곳에 없는 듯 살아야 하는
그림자일 것이다
애꿎은 일기장만 달달 볶는, 길을 잃고 헤매는 밤은
날카로운 펜촉 같은 환한 불빛으로도 밝힐 수 없는
밤의 무게를 짊어진 한 사람일 것이다

시를 잘 써,
이 행복할 것 같은
시인은 왜 울었을까?
누구에게나 울음은 있기 마련이지만

밤은 지금부터 전면 수정해야 할 밤이다

2부

어느 날 아침

빈 나뭇가지에 천상으로부터 내려온 말이
주렁주렁 열렸다
과즙이 흐르는 달콤한 그 말을 따먹고 싶다, 겨울에도

세수도 않고 하늘에 뜻에 따라 나는 복종하고
봉합할 수 없는 갈등을 아름답게 소멸시키듯 삭제할 수 있다.

눈을 의심해야 할 만큼 있어서는 안 되는 곳에 거미줄을 치우자,
전과 달라졌다.

끝없이 나아가려는 무한한 의지에도 불구하고 애처로움이 떨리는 계절,
실내에서 자라나는 식물들을 가만히 들여다보면
희망이 생긴다.

살아 있는 동안 따뜻한 관심과 신뢰는 누구나 서로에게
없어서는 안 될 영양분 같다.

마디, 마디씩 여전히 꿀 수 없는 꿈을 꾸고
시험에 빠질 때마다 찾아오는 빈혈. 어지러워, 누가 좀 도와줘,
천천히 머리 위를 선회하는 까마귀 떼.

커다란 검은 날갯짓처럼 무거운 다루기 힘든 주제, 이별과 죽음에
자리를 뜰 수 없어 울먹이는

나는 새들의 집합소가 된 텅 빈 속이 점점 더 꺼져 가는
햇빛 부서지는 마른 검불 더미들을 바라보고 있다.

저기에 눈이 내리면 무덤처럼 파묻힐 것 같다.

찬란한 시절에, 무성해 질대로 무성한

그러나 지금은
세상에 없는 사람들이 너무 많다. 믿을 수 없게도

꿈속에서 얻은 말들을 마구간처럼 저장한 휴대폰을 놓고

마침내, 마법처럼 칭칭 몸을 감으며 죄어 오던 시간에서
풀려나
의자에서 일어날 수 있었다.

벗어남은 해방이기도 하다.

너를 바라보는 내내
불을 지르고 싶다는 생각을 했다.

고함을 질러도
모든 말을 무시했다.
불을 지르지 않으면 안 될 것 같아,
음악처럼 어느 시인의 낭독을 들으며

마지막으로, 다 스러져 갈 때까지
화장터의 화염에 싸여
자신을 태워 버리는 생각을 했다.

몸 쓰는 일

마음이 통할 거라고
생각했지만 세상에 쉬운 일은 없었습니다

전화는 오지 않았습니다
조금 더 기다려 볼 수 있었지만
거의 가망이 없다고 봐야 했지요

감쪽같이 사라지는 유리창의 얼룩을 지우며
몸 쓰는 일이 마음 쓰는 일보다 쉬운 것을 알았습니다
즉각적인 효과가 눈앞에 바로 나타나 보였습니다
이 얼마나 명쾌한 반응인지, 나도 모르게 탄성이 흘러나
왔습니다

몸 쓰는 일이 마음까지 덩달아 이렇게 즐거운 일이 될 줄,
꿈에도 몰랐습니다

앞으로 몸 쓰는 일을 마음 쓰는 일만큼
아끼지 말아야겠다고 다짐했습니다

그러면 지저분한 얼룩이 순식간에 지워진

깨끗한 유리창처럼, 마음도 몸을 따라
가벼워질 수 있으니까요

전화는 끝내 오지 않고 저녁은 밤으로 이어지고 있습니다
흰 눈 위에 어둠이 붉은 자운영 꽃밭처럼 깔려 있습니다

검은 실루엣으로 지나가는 누군가
도무지 앞이 보이지 않는 깜깜한 어둠에 휩싸인
사람이 없는 빈집으로 오해하지 않기를 바라면서

다행히 작은 불이, 작은 방에 홀로 켜져 있습니다

그 집에 앉아 있는 나는 무언가 잊고자,
노력하는 사람 같습니다
그러지 않고서야 이 시간에 이러고 있을 리 없지요

무자비한 눈의 무게를 못 이겨 휘어진 나무는
바로 설 수 있을지, 기대만 남아
우리에게 내일이 항상 있는 건 아닙니다

그보다는 단호하게, 몇 개 더 켜놓은
밖의 불빛에 희망을 걸어 볼 수 있죠

실내는 바깥보다 어둡습니다, 그러나

빛은 낮에 닦은 투명한 유리창을 통해
비춰 들어와 안까지 밝혀 주고 있습니다

얼었던 마음이 녹으면 눈물이 납니다
딱딱한 고체가 부드러운 액체가 되는 순간이죠

정말 싫은 사람을 떠나보내는 것 같다

폭설

이제 어떡해야 하지?
모두가 안전한
괜찮은 눈높이는 어디쯤에서 멈춰야 할까?

고립된 채 할 수 있는 공포심 같은 걸로
50센치가 넘는 눈을 혼자 치워 본 자만이 안다.
(하마터면 허공에 대고 항변할 뻔했다)

좋아는 하지만 멘붕을 일으킨 눈높이는
너무 높아도 세상이 온통 문제투성인 것처럼

얼마나 힘들었으면, 어두운 것이 싫어
환하게 불을 켠다.

빛이 들어오면 말을 앓는 말을, 말은 항상 품으니까
같은 계절이 다른 풍경이 될 수 있다.

싸르르 빈 배가 아파 오는, 갈수록 요구하는 눈높이의 수준이 벅찬
멀리서 밀려온 지친 파도의 거품이

흰 눈앞을 가득 덮고 있다.

어쩌면 아무 생각 없이 그냥 즐기기만 하면 되는 피로에
두 눈을 꼭 감고 죽은 듯이 쉬고 싶은, 내가 나한테 하는
말 그대로

혼신을 다해
어렵게 써야만 도달하는 곳이 있었다.

무언가를 이루는 데는 시간이 필요하다고 생각했다.

하얀 설원을 누비는 욕망의 특급열차를 타고
아무리 노력해도 피할 수 없는

임종을 맞은 사람의 얼굴은 의외로 평온했다.

촉촉이 눈가가 젖어 드는
속마음이 드러난 고백처럼 힘이 빠져
기회를 놓쳤어, 울며불며
마지막까지 욕심 때문에 실패하고 싶지 않았다.

경험치에 쌓인 무서운 눈의 무게를 겪어 본 적이 있는 신이라면
오늘은 따뜻한 말 한마디로 겨우 입을 떼기 시작하는 지면을 허락하소서!

이 정도의 일은 정말이지, 다른 때처럼 조금만 더 버티면
애타게 기다리는 당신의 꿈의 발원지가 될 수 있습니다.

당연히 애정 결핍자처럼 함부로 대하는 것보다, 미련을 버리려고 해요.
버리려고 했던 화분은 한겨울에도 피어나고

결빙된 상상력이지만
높이 떠 비추는 태양, 물의를 일으키지 않는 대지의 넉넉한 자세,
아물어 가는 충격.
파노라마로 펼쳐진
지금부터 견뎌야 하는 턱없이 모자란 눈높이가 녹아 가고 있다.

이때, 믿으면 그 믿음에 모든 게 맞춰질 거야. 알람처럼

보도블록

깨진 것들이 아름다운 무늬를 이룬다
깨지지 않으면 볼 수 없는 것이다 밟히고 억눌려 산산조각이 난 것으로
깨지지 않은 것과 다른 것이 되었다 마음이 가는 것은 그쪽이다

깨지지 않아야 할 것들이 깨져서 눈길을 잡아끈다
고개를 들 수 없다, 죄인처럼
길에서 깨진 것들은 깨지고도 언젠가는 깨질 것들 곁에서 깨져 가고 있었다
더 깨질 수 없을 만큼 깨질 것들을 보며 걷고 있었다

혼자서, 그러다 발걸음이 느려지고 점점 앞서가는 사람과
사이가 멀어졌다

그 후로도 나의 깨진 것들에 대한 애착은 계속되어 갔다
더 이상, 깨진 것들이 보이지 않을 때까지 깨진 것들을 보며 지나왔다

등산을 마치고 집으로 돌아오는 길이었다

말벌

말벌에 쏘이고 말았다, 순식간에 따끔한 통증이 스치고 지나갔다.
별일 없을 거라고 무시하고 싶었지만
독에 기도가 막혀 죽을지도 모른다는 생각이 들었다.
사람들처럼 겁이 나, 내가 먼저 죽기 전에 말벌을 죽일 생각을 했다.
아직 실행에 옮기지 못하고 있지만 그런 날이 언젠가 올 것 같다.
그때 가면 찬바람 쌩쌩 부는 겨울이 오기 전에 말벌은
마음이 떠난 사람처럼 떠나고 없고
빈집만 남은 그 앞에서 어디선가 들은, 독으로 치유되는
병이 있다는 말을 막연히 떠올릴 것이다.

집을 잃은 말벌은 어쩌면
부주의한 나를 평생 용서하지 않을지도 모른다.

수정할 수 있는 기회를 준다면

그와 대화를 할 수 있었는데
우리의 공통점은,
이제 그것도 소용이 없게 되어버렸답니다

안타깝게도 망자처럼
가지고 있는 소중한 자산을 쓸 줄 몰랐던 거죠

머리가 아팠던 걸까요
잠시 망각의 늪에 빠졌던 걸까요

표정이 바뀌면서
좋아하는 사람을 물어보고, 듣고, 대답할 수 있었어요
그런데 그럴 수 없는 것들은

가슴에 묻어야 할 비밀이 되고 말았어요. 얄궂게도
죽음보다 더한 공포에도, 그러나 태양은
낙담해서 하늘에서 떨어지지 않고
누구 하나 말하는 이 없어요

말없이 눈에 띄는 것들은 많은데요

침묵의 돌, 자포자기 상태로 시들어 있는 식물,
바람에 밀려온 파도처럼 구겨진 담요, 아침을 먹지 않은 아침,
눈 폭탄을 맞은 텃밭, 떠돌이 고양이가 사라진 빈 테이블,
사람의 말을 할 수 없는 동물, 지키고 앉아 있어야 할 것이 남은 의자

피가 차갑게 식어야 할 대지는 뜨거워지고
오늘은 수요일이군요

확인이 가능한 것들이 부럽습니다
대신, 무엇을 할 수 있는지 묻겠습니다

지금의 나의 이 말투가 마음에 들지 않지만요
마음에 들게끔 해야 할 것들은 많기 때문에

어쩔 수 없이, 정말 어쩔 수 없이 새들은 울지 않아요
그저, 까치든, 까마귀든 가리지 않고 울 뿐이랍니다

한겨울에도 푸른 것들을 뜯어

나물을 무쳐 먹고 싶어요
여기에 덧붙여 나처럼 가슴이 무너져 내린
유족들의 아픔을 지우고 싶어요

그리고 또 봄이면 무언가를
심고 가꿀 궁리를 하죠

누군가 올린 단톡방의 글은
답이 없는 곳에 쓸 수 있는 절절한 것이라 생각합니다

바꿀 수 없으면 받아들이면 됩니다
받아들일 수 없을 땐 잊으면 돼요
잊을 수 없을 땐, 또 그때 받아들이면 됩니다

하지만 빈 곳을 채워야 한다면요?

기회를 주세요
기회란 건 늘 있는 게 아니라고
그러니 기회를 놓쳐선 안 된다고
잡아야 한다고 배웠지만

누가 알겠어요?
기회란 게 올지, 아무도 모르고 새로운 시인을 알게 되어
그를 검색해 봅니다

나라면

차가운 유리 같은 식은 찻물을 마신다
싫은 것에 진심인 편, 소독내 나는
물티슈를 가져와 얼룩을 닦아 낸다
썰렁한 목에 부드러운 스카프를 두른다
로맹 가리라는 작가에 대해서 알아보다, 그가 자살했다는 사실을 알게 된다
나는 자살 같은 건 전혀 할 생각이 없는 사람도 알고 있다
날씨는 흐리다, 하지만 그렇게 많이 춥지는 않다
먹고 싶은 빵의 충동을 억누른다
이기지 못하면 무너질 것 같다
조금 참아 보는 것은 그만큼의 가치가 있다
물고기를 맡아 키운다, 믿을 만한 사람이 된 것 같다
청소도 하고 오후에 할 것들이 남아 있다
정오가 되어 간다 춤추는 물고기의 꼬리처럼
유연한 사고가 필요하다 오늘 같은 날일수록
어제와 다르게 변장을 해, 명령한다 명령대로
이미 무용한 것들이 되어 버린 먼지가 쌓인 방을 나와
일찍 불을 켠다
바라는 걸 솔직히 밝히고 싶어서
매일 일기를 쓴다

오, 헨리의 마지막 잎새처럼 한 장 남은 일기장은 또 사오면 된다

장의차나 부를 생각만 하고 있는 환자가 있는 줄 몰랐다

나라면, 나라도 그랬을 수 있어

절대 누구한테나 함부로 말해선 안 되고

감동을 주는 세계적인 명작은 다시 읽어 보고 싶다

어떤 처방도 듣지 않는 불치병 같은 겨울이지만

겨울이 아닌 것 같은 바닥이 촉촉이 젖어 보인다

높은 곳에 꽃 그림 액자를 올려다본다

잠깐, 접혀 있던 목주름이 펴진다

이제는

끝났다는 사실을 하루에 한 번씩
그녀는 환기를 시켰다, 그래야만 할 것 같았으므로.

그러지 않으면 탁한 공기에 숨이 막혀 질식할지도 몰라
눈만 뜨면 원래 환기시키기를 좋아하는 그녀는
덜덜 떨며 추운 겨울, 영하로 떨어진 날씨에도 아랑곳하지 않았다.

우편물을 뜯지 않은 아침에는
누구나 기대되는 새로 시작하는 마음으로 앉아
사람을 잃고 깨달음은 얻은
두 바퀴의 자전거처럼 생긴 기이한 말을 타고
달리는 해변가를 상상하고, 당황하곤 했다.

상상은 늘 마음대로 펼칠 수 있는 허황된 꿈을 좇아
지금은 계속, 계속해서 환기를 시켜야 할 것 같아. 그러나

어느 순간 환기가 무의미해져, 살아도 되는 때가 오는 것이라고
어쩌면 자신에게 타이르고 싶었는지도 모른다.

종일 창문을 열어 놓은 채,
환기 걱정은 하지 않아도 되는
환기가 필요 없는
더 이상 환기시키지 않아도 되는 계절을 기다리며
기다림은 때론 가혹하지만
매일 같이 하루도 빠짐없이 씻고, 먹고, 잤다.

무슨 이유 때문인지……
바다처럼 깊고 드넓은 밤이었다.

앞이 보이지 않는
시야를 가로막는 커튼을 쳤다.

그녀와 어울리지 않는
폴카도트 무늬와 예쁜 핑크색이 혼란스러워,
생각 없이 말하는 사람 같았다.

자고 있는 사람을 기다리며

커피를 마시고 있다
마음만 먹으면 내 자리가 될 수 있는 곳이다
세상에 그런 곳이 있다니 신기하지만

사실은, 사라지지 않는 한

나는 사볼 책이 많은 것 같다
그런데 그렇게 하지 못하고 있다
나답다, 사면되는데

비가 올 건지, 말 건지, 방금 전 해는 희미하게 떴는데
살아났다 죽은 사람 같다

사람이 일어나지 않는다

기다리고 있는데

기척이 없다

살구빛, 살구색, 살구나무, 살구는 어쩜 살구라고 이름 지

었을까?
정말 살구 같다, 살구스럽다, 그래서 살고 싶다는

청개구리가 생각난다
누군가 나더러 청개구리라고 한 적도 있다

그때가 아련하게

빛이 살아나고 있다
산 사람이 죽은 사람 같았던

눈부셔, 눈이 부셔, 점점
굳어 가는 기분이 들었다

굳어 버린 가면을 쓰고
시간을 보고 싶지 않았다

누군가 잠을 충분히 자고 일어날 때까지
기다린다

자리를 옮겨 가면서까지, 불가능의 루머를
머리 위의 왕관처럼 쓰고 싶지 않았으니까

나에 대한 배려가 없는 것 같아
화가 나지만 참는다

그는 아직 그대로다
쥐 죽은 듯이 자고 있다, 언제 깨어날지 모른다

언젠가 깰 사람은 깨어나게 되어 있고
아니면 죽음처럼 영원히 못 깨어날 수도 있다

애가 탄다

하지만 또 피곤한 그도 생각해야 한다
나는 그냥 그대로 있기로 했다

이해하면서도 화가 나는 건
이해가 완전하지 않다는 뜻이다

그런데, 그 무엇도 완전한 건 없다
노력할 뿐이다
따라서 내가 이러는 건 필수 불가결한 것이다

그가 나일 수도 있고, 섭섭해서
대중에게 자신의 치부를 한껏 부끄러운 줄 모르고
드러내 보이는 것과 같다

일요일

이제는 슬픔만이 남는다

오늘은 나를 스치고 가는 바람이
부드러워 온화하였다

비가 곧 올 것 같은 날씨에도
불안해하지 않고 참고 있었다

슬픔만을 모아 놓은 슬픔에 관한 책을
읽으면 어떻게 될까
지금보다 더 무거워질 것만 같아, 용기가 나지 않는다

비는 오지 않아야 한다, 아직
약속된 시간이 안 됐다

고양이를 모른 체 하니, 고양이도
모른 척 지나갔다

그건 애초의 나의 작전이었으므로
성공한 거였다

안에서 비가 올까, 수시로
내다보며 불안에 시달리느니
아예 밖에서 지키고 앉아 있는 게
나았다

직접 경험해 보지 않은 사람은
함부로 쉽게 말할 수 있다

낭독

하면 좋을 것을 하지 않은 채,
차가운 냉장고 속에 집어넣어 버렸다

당분간 야채는 아무것도
사지 않기로 다짐했다

그동안 회피성 발언을 일삼았다

받아들여야 하는 것 앞에
서 있었다

얼지 않은 꽃이 얼어 있었다

두 눈을 의심했지만
소용없는 일이었다

빛을 환하게 켜는 이유를 알 것 같았다

그래서 밤을 더 환하게 밝힐 수 있었다

아주 불이 꺼져버린 것은 아니었다

다시 한번, 듣고 싶은 목소리를 들었다

조금 늦게 도착한 천국의 천사처럼
너무나 꿈같아서,
꿈이 아니길 바랐다

도둑과 경찰

오늘은 늦었어, 빛이 나지만 빨래를 널기엔……
그러는 동안 유리를 통해 투명한 빛이 더 환하게 비쳐 들었다.

손을 잡아 보란 듯이

순간, 마음이 잠시 흔들렸다.

시간과 빛, 어느 쪽이 힘이 셀까?

쫓기는 사람과
쫓아가는 사람.

매일 매일 쫓고 쫓기는 하루 일과에서 떼어내 버릴 수 없는
끈질기게 달라붙은 징그러운 거머리 같다.

평생을 피를 빨아 먹고 사는
답이 없는 생물 같다, 살아 숨 쉬는

생물, 샘물,

조그맣고 맑은……

지나간 것을 다시 가까운 미래에
붙잡을 수 있다고 믿고 있다.
믿음은 항상 부족하기 때문이다.

기댐이란, 무너지지 않는 벽이었다.

빛이 사라진 밤에는 늘 그 자리에
앉아 있곤 하였다.

그곳은, 세상 어디에도 없는
자기만의 특별한 시간을 갖는 거였다.

빨래를 할 것이다

이젠 꿈이 생각나지 않는다
꿈을 꾼 것 같은데
일찍 잠에서 깨어 밤새 꾼 꿈의 기억을
더듬어도 빈 허공처럼 잡히는 게 없다
꿈은 날아가고 없다
눈에 띄었다 사라져 버린 검은 새 한 마리처럼
꿈을 생각해 보려 애쓰는 동안 아침은 밝아져 왔다
오늘은 크리스마스이브 날,
아이들에게 선물을 가져다주는
산타클로스 할아버지가

생각나지 않는 꿈은
꿈을 꾸었는지 안 꾸었는지도 모르겠다
지금 나에게는 좋은 꿈이 필요한데
꿈이 없는 밤은 어둡고 긴, 지워버린
끝없는 악몽에 시달리는 사람 같다
스스로 불행을 자초한 중독자처럼

혼자 쓰는, 푸른 타월 같은 하늘이
먹구름으로 덮여있다

네가 왔다 돌아간 밤

어떻게 하면 너하고 친구처럼 친해질 수 있을까

여기는 집인데
어떻게 하면 싸우지 않고
다정해질 수 있을까

네가 왔다 돌아간 혼자 있는 밤에 도둑이 들것 같아서
새카만 거미를 스스럼없이 밟아 죽인다

어떻게 하면 우리의 관계가
지금 마시고 있는 찬 커피처럼 되지 않고

마음을 완전히 접은
사람인 것 같은 너에게 바라지 않을 수 있을까

영원히 만날 수 없는 수평선을
나란히 걷고 있는 두 사람

그런데 우리는 피를 나눈
혈육인 적이 없고

영원한 사랑을 맹세한 적이 있었는지 모른다

거짓말처럼 떠나고 나면
누군가의 생각을 강하게 부정하고
끝내, 바로 잡을 수 없는 잘못 때문에

사랑한다고 말은 하지만 한 번도
확인해 본 적이 없는 것처럼

꿈을 포기하지 못한 채

이미 헛것들이 되지 않길 바라면서
귀를 기울여 소리 없이 뜨거워진 컵을 만지고 있다

밤이 깊어 가는데도 잠들지 못한 사람이
저녁을 거르고 모든 결과에는 원인이 있지만
어떻게 하면 될까, 어떻게 하면 좋을까……

생각은 마침내

내일이 달라질 걸 기대하며
이대로 영원히 갈 수 없다고 했다

밤의 유령

밤에 나는, 지금이라도 나타났으면 하는 유령과 같이 살고 있다.

눈을 감으면, 눈앞에 펼쳐지는 어둠 속에 있다.
졸음을 참으며 매일 밤 기다리는 이유는 뭘까?

우리는 말할 수 없는 많은 이야기들을 가슴에 품고 살아간다.
죽음의 순간까지. 실제로 유령을 본 사람은 몇이나 있을까?
아무도 내 말에 귀 기울이지 않겠지만

그중의 한 사람이 되고 싶다. 그런데 말처럼
유령은 정말 존재하는 걸까?

"불신은 의심을 낳고, 의심은 괴로움을 낳아, 자신을 불행에 빠뜨립니다."

악몽을 꾼 것처럼

보이는 것보다, 보이지 않는 것이 더 무서울 수 있었다.

마음은 굴뚝같아

보통내기가 아니구나,
틈만 있으면 빛은 어디든 스며든다.

웃음거리는 되지 말아야겠다고 생각했다.

처음부터 그 외의 나머지 것들은 지운다

어떻게 될지 모른다는 건, 어떻게 될 수 있다는 것.

컵과 컵

아침에 생긴 문제는 의외로 쉽게 풀리고 말았다.
나의 삶을 통해 미래의 일은 알 수 없다는 것을 알았다.

투명한 컵과 그렇지 않은 컵은, 떼려야 뗄 수 없는
애증의 관계처럼 맞물려 당혹스럽게 했는데
잠깐 동안에 무슨 일이 있었던 건지, 둘은 화해를 한 사이처럼 말짱해졌다.
서로의 다름을 배려해 조금씩 양보를 한 것 같았다.

처음에 막막했을 때와 달리 상황은 급변을 한 것이다.
믿을 수 없는 사실처럼

세상 모든 일이 나는 이렇게 되기를 바란다.
주제넘지만……

넘어야 할 산이 있는 것이다, 우리 모두에게는.
등산을 싫어하는 당신에게도.

오늘 처음 마시는 쓰디쓴 커피는 너무나 달콤하고 달콤해서 맛을 두 번 반복해 우려낸 말처럼 진하다.
이런 날이 있다는 건 행운이다, 적어도 나에게

그 행운이 영원하길 바라겠지만, 영원한 건 없는 것처럼
언젠가 깨질 것들을 깨지 않도록 앞으로 조심해서 사용해야 할 일이 남는다.
선물로 받은 컵이 온전할 수 있어서 기쁘다 못해 휴, 다행이다.

가슴 조마조마해서 바라볼 때가 있었다.
그러나 그건 기우에 불과했다.
안 그럴 때도 있었지만 그럴 때가 더 많았다.

둘을 나란히 놓고 본다.
하나는 투명한 것과 그렇지 않은 것을.

투명해서 좋은 것과, 투명하지 않아서 좋은 것이 있다.
지금 내 눈앞에.

손도 없이

언젠가, 보이지 않는 것을 볼 수 있게 된다.
기다리기만 하면
죽은 친구도 살아나서
떠난 애인처럼 돌아올까?
꽃은 꼭 지켜야 할 약속을 지켜내듯, 잊지 않고 해마다 피어난다.

덕분에 앞집의 뜰은 겨울을 빼고는 꽃이 없었던 적이 없다.
화수분같이 끝없이 샘솟았다.

그런데 주인 어르신은 치매를 앓고 계신다.
불행 중 다행으로, 곁에서 사랑으로 돌봐 주는
붉은 맨드라미처럼 시름이 깊어

감당이 안 되는
치사하고 매운, 눈물 콧물 쏙 빼는
인생의 어려움은 겪어 봐야, 아프다.

그래도 포기하지 않고 사는 일이 힘들어

어르신은 이제 아무 일을 하지 않아도 되지만,
그게 더 힘들다고
실직자들은 이구동성 입을 모은다.

소원하는 일이
물거품이 된 인어 공주 이야기는 슬프다. 훌쩍이는

모두가 알다시피

사는 게 풀을 뽑아내 버리듯 간단하지 않아,
꽃밭을 가꾸고

차라리 몰랐으면 하는
이야기의 결말은 있지만

우린 꽃과 함께 살아간다.

여기저기,
구김살 없이 해맑은 꽃이 지척에서 유혹한다.
새끼손가락을 걸어야 할 손도 없이.

그때는 안 보였던 것이
지금은 보이기 시작했다.

3부

혼자 무얼 하고 있을까

햇빛에, 바람에, 비에,
바래어지지 않는 것을 앞에 두고
바랜 것이 좋을 때도 있어 들여다봅니다
그건 가까이할 수 없는 타인처럼
자연스럽게 눈길을 잡아끕니다
지워지고 지워져 버린 흔적들만이 남아
희미한 기억을 이루고 있습니다
물과 기름처럼
주변의 섞이지 않는 분위기에 맞춰
꿋꿋이 버티고 있는 중입니다
거기에 꽂힌 수저, 젓가락, 티스푼, 포크, 주걱 등
많은 일용할 양식에 필요한 것들이
꽃은 아니지만 어울려
그 힘을 지탱해 주고 있는지도 모릅니다

바랜 것을 잊어 가는 시간 속에 잠겨
창백한 손을 뻗어
한 가지만 붙잡고 있는 사람은
한 가지에 붙잡힌 사람입니다
그게 당신일 수도 있고,

집착이 아니라면 쓰겠습니다
실연의 아픔을 견디며
오늘을 포기한 나는,
당신을 그 누구와도 바꾸지 않겠습니다
그래도 안 되는 것은 안 되는 것이겠습니까?
묻고 따질 수조차 없는 당신은
어떤 불의에도 참을 수 없다고
함부로 말을 할 수 없는 지금 침묵하고 있습니다
그 침묵을 꺾을 방법을 찾고 있습니다
기다려 주세요
이유 없는 불안에 싸여
그렇게 될까 두려워하는 사람을 두고
혼자 멀리 가지 말아 주세요
때는 이미 늦은 거랍니다 말을 해 주면
당신이 빚은 항아리 속 가득,
부지런한 꿀벌들처럼
우리가 먹을 꿀을 모아 놓고 있겠어요

애원

인정하기 싫은 날씨. 보이지 않는 어미 새. 버려진 새알. 만져지지 않는 온기.

주인 잃은 집. 침묵하는 신발. 뒤집어진 우산. 혼자 있는 빈 빨래 바구니.

하루아침에 달라져 버린 식물. 말 못 하는 먹먹한 먹구름. 왔다 간 사람. 하늘에 닿을 수 없는 나무.

가슴 깊이 들여 마시게 되는 바람. 의미 없는 반복. 그러면서도 매일 하는 일.

스트레칭. 다락방 생각. 거기에 깃든 음모. 전복. 사고를 당한 배. 달콤해도 먹을 수 없는 복받침.

노란 눈물. 놀란 나비. 시들어 버린 과육. 나는 줄곧 끝나 버린 봄. 잊고 잊힌 거의 다 타버린 주전자.

코로나로 갈 수 없던 불과 1년 전,
도서관에 갔더라면 어땠을까?

달라졌을까 하는 것은 돌이킬 수 없는 시간의 문제.
다시 태어날 수 없는 사람처럼

따뜻한 살색 제라늄이 피는 창가에 앉아

밤늦게까지 희망적인 이야기를 읽어야 한다.
안 그러면 견딜 수 없을 것 같아

너와 나를 위해, 신이 내린 묵언처럼 조용한

도서관에 가자!
책을 빌리려고 계획해둔
그곳에서 우리와 다른 우리를 느낄 테니까

하지 않으면서 하고 싶어 하는 것은 죄악.
(그거면 되지 않나……)

나쁜 마음의 추격자를 따돌리고
할 수 없는 사과를 할게!

제발, 목매어 기다리는 목요일에
나랑 같이 도서관에 가자!

시선

식물을 싹둑 잘랐다.

우울하게 긴 머리를
새롭게 보일 각오로 깔끔하게 단장을 한 것 같았다.
그걸 바라보는 마음도 동시에 간편해졌다.

밖은 계절에 맞게 변해 가고 있었고

누구는 환해졌다고 하고
반대로 삭막해서 쓸쓸한, 추수가 끝난 논이

얼마나 다르게 보일 수 있는지 흥미로웠다.

두 사람 다 서로를 반박할 수 없었지만
당신은 어떻게 말할지 궁금해진다.

바꿔 보려 애썼다.

아무리 해도
안되는 게 있다.

봄에 하나 발견한 게 있다,
창문을 많이 쓴다는 것.

오늘 아침에
내용물이 상한 로션을 버렸다.

밤바다

밤의 바다는 낮의 바다처럼 볼 수 없었다.
그건 밤이니까 당연한 걸 믿을 수 없을 때도 있었다.
믿을 수 없는 일들은 항상 좋은 쪽으로 펼쳐졌으면……
밤의 바다를 열심히 이해해보려 노력했다. 어떤 것도
괜찮지 않을 때 괜찮다. 그래도 새카맸다.
바다는 밤을 받아들여야 하므로 달라질 수밖에 없었다.
그걸 야속하게 감추지 않고 드러내놓고 있을 뿐이다.
처음엔 낯설었지만 이상하게 생각하고 싶지 않은 사람 같았다.
밤은 낮처럼 보이지 않았고, 그 보이지 않음 속에서 오래 서 있을 수 있었다.
혼자 깊은 밤바다의 기억처럼 시간이 지나
익숙해져 가고 있었다.

일어설까, 말까 하는 파도가
내일은 이렇게 똑같이 있을 수 없다는 생각을 했다.

더 나아지는 것들을 기대하며
계속해서 울리는 벨 소리에도 불구하고
매너리즘에 빠지지 않길 바라면서

누군가의 전화를 받을 수 없었다.

언젠가 일행이 소원의 등을 띄워 보내는
바닷가의 밤이었다.

한켠에서, 그걸 바라보고 있는 내 모습도 생각났다.

흔히 있는 풍경은 아니라고
말하고 싶었다.

화상

우리들 곁에는 조심해야 할 것이 있다,
그걸 굳이 말하지 않아도 누구나 아는 것처럼 할 수 있다.

하지만 우리에겐
바른 판단력과 냉철한 이성이 존재한다.
그래서 위험한 고비를 넘겼다.

어디를 가나 쪼르르 따라다니는 귀여운 강아지 대신
불을 피워 증명해 보이지 않아도
활시위만 당기면 폭망해 버릴 것 같은
마른 덤불이 넘실거리는
아직 불타지 않은, 불의 바다가 될 수 있는 곳이
멀지 않은 가까이에 있다.

아차 싶어, 부정하고 싶은 며칠 전엔
잠깐이지만 부주의로 지금도 기억하는, 남의 살이 아닌
내 살 타는 냄새를 처음으로 맡을 수 있었다.

미련스럽게
그냥 지나친 걸 뒤늦게 잊지 않는다.

고통이 눈부실 수 있을까?
그건 고통 그 자체가 아니라, 견딤일 것이다.

그렇다면 지금 놓치고 있는 건 뭘까? 정확히 그걸 알 수 있다면……

그날 우린 불을 피우지 않았다.

거기에 불씨 하나만 튄다면
막을 수 없는, 걷잡을 수 없는 사태로 활활 타오를 것 같다.
한순간의 나락이란 그런 것이다.

희망찬 하루

거짓말처럼

오늘은 어제와 다른 날, 달라도 너무나 달라.

아침부터 나와 타협을 할 줄 알고

투명한 물에 샤워를 하고

벽에 오래 묵은 통증 같았던 박혀 있는 못을 빼낸.

아, 앓은 이가 빠진 것처럼 시원해!

깨끗이 씻겨 나간 벽은 다시 평온해져

수도꼭지처럼 울음을 멈췄지.

밤새 빗소리를 들으며 했던 메모들은

대부분 쓸모가 없어졌지.

잊는다는 건 좋은 걸까? 나쁜 걸까? 살아가는 것처럼

좋을 때도 있고, 나쁠 때도 있겠지, 하지만

행방을 감춘 빛이 충분하니까 괜찮아……

꿈에 그리던 사람이 갑자기 흘러넘치니까 괜찮아……

다들 기쁘다 구주 오셨네, 하다 보니까 괜찮아……

밝은 옷으로 갈아입고 외출을 하고 돌아와

오후엔, 남은 걱정이 적은 늙은 이웃들과 만나 한담을 하며
차와 간식을 나눠 먹자. 외톨이로 혼자 사는 사람까지 합하면
불가능한 것도 가능한 조합이지.

신이 특별히 더 신경 써 허락한 하루처럼
룰루랄라 신이나, 노래해도 된다면
끝까지 손에서 책을 놓을 수 없는 사람처럼 즐기자.
안경처럼 기분을 바꿔 쓰고.

바다행

거긴 예전의 내가 머물렀다 돌아오곤 하던
견고한 깨지지 않는 관계처럼 쉽게 썩지 않는
방부목으로 만든 벤치가 있고

배신 없이 갈매기가 날고
해변에 사이좋게 서 있는 사람들은 숲을 이뤄
나까지 깊이 들이마실 수 있도록
피톤치드를 뿜어내는 걸 볼 수 있어서 좋았다.

보고 싶은 것만 보는 사람에게, 마음이 기우는 쪽으로
해가 지고 있는 것만 같은 저녁 바닷가.

서로 비켜서고, 비켜 가는 길을 걸으며
잠시 오해의 마음을 내려놓고 쉴 수 있는
너처럼 그 깊은 속을 알 수 없는

바다를 가까이에 두고도
잘 가지 않는 나에게, 무슨 이유에선지 도착은
늘 새로운 조개껍데기를 모으는 시작을 알린다.

그 후론, 흐린 날에도 바다에 자주 간다.
계절 따라 쓸쓸히 빠져나간 사람들은 줄고
곧 비가 올 것 같은 날씨와 상관없이
가고 싶은 곳까지 멀리 갔다 돌아온다.

홀쭉한 배의 길고양이처럼
버림받은 세계가 어떤 건지 알겠다는 듯이
밥을 먹지 않아 다리에 힘이 풀리고
포기하고 금방 쓰러질 것 같은 위기에도
변함없이 마음만 먹으면
망설이지 않고 언제든 갈 수 있는
십 분 거리밖에 안 되는 바다가 곁에 있다.

몰랐을 뿐,

믿는 구석이 있다는 건 힘이 되어
안 될 것 같은 것도, 차곡차곡 쌓으면
될 것 같은 생각이 들었다.

빛을 보지 못하면 죽는다.

그만큼 어둠은 무서운 것이다.

이제 혼자서 파도치는 바다에 가는 일이 두렵지 않다.
해보지 않은 일은 설렘 반, 기대 반을 동반하지만
그렇지 않을 때도 무작정 집을 나설 수밖에 없었다.

기도

한 사람이 두 번째 지나간다 그는 나의 이웃이며 늙고 노쇠하다 낡은 베레모를 쓰고 팔월인데도 벌써 긴 팔의 옷을 입고 있었다 나와는 항상 웃으며 인사를 건네는 사이로 오늘은 말없이 안과 밖에서 침묵했다 쓸쓸해 보여도 뜬금없이 서로의 마음을 알 것 같다고 하지 않는다 그러기엔 우린 너무 멀리 있었고, 둘 다 생각에 잠겨 깊이 빠져 있는 것처럼 보였다 이 비 그치면 봄의 풀밭이 짙어 가듯이, 계절이 끝나가는 곳에서 가을이 오고 있다는 것을 알았다 한 사람을 위한 일을 무슨 이유에선지 하지 못한 날 이었다 대신에 한 방울의 눈물처럼 떨어지는 물방울을 지켜볼 수 있었다 보는 것만으로도 어디선가 똑, 들리지 않는 소리가 들리는 것 같았다 기도는 언제든 다음에 할 수 없는 것이기도 하다 가지도 않은 길을 나는 죄인처럼 바삐 돌아와야 했다

산불 주의보

벚꽃이 하얗게 질린 비명을 질렀다
화창한 날씨에도 우울감을 호소하는 사람이 비명을 질렀다
검은 잉크가 피처럼 묻은 손으로 비명을 질렀다
그 비명을 본 사람이 비명을 질렀다
이와 같은 비명을 전혀 예상하지 못한 사람이 비명을 질렀다
비명의 신분을 알게 되자 무서운 사람이 비명을 질렀다
속으로 비명을 삼킬 수 없는 사람이 비명을 질렀다
뭉크의 절규 같은 이미지에 사로잡힌 사람이 비명을 질렀다
어떻게 지울까 고민하는 사람이 비명을 질렀다
어처구니없는 비명을 계속해서 두고 봐야 하는 사람이 비명을 질렀다
걷잡을 수 없는 좋지 않은 예감 때문에 산불처럼 옮겨붙지 않을까,
걱정되는 사람이 비명을 질렀다
최초의 비명을 진화할 수 없는 사람이 비명을 질렀다
따라서 비명을 질러서 안 된 사람들이 비명을 지르기 시작했다
그만 멈춰야 하는데도 나처럼 욕심 많은 비명이 비명을

질렀다

비명에 질식할 것 같았다

의지대로 할 수 없는 사람이 비명을 질렀다

비명 때문에 운동을 망친 사람이 비명을 질렀다

활활 타오르는 불길처럼 화를 참지 못하는 사람이 비명을 질렀다

기도가 막혀 서로의 마음이 통할 수 없는 사람들이 비명을 질렀다

까맣게 탄 속을 벗겨 내야 하는 사람이 비명을 질렀다

마지막으로 통화를 끝내고 출입을 통제당한 사람이 비명을 질렀다

끝내, 주워 담을 수 없는 말에서

떨어진 사람이 비명을 질렀다

소설 속 주인공

내가 한 말에 실망하고 나서도
말들이 모인 곳에 밑줄을 그었다.

그건 말을 떠나지 못하는 미련 때문인 것 같았다,
아니면 누군가의 말을 사랑하거나.

미용실은 말이 많은 곳이었다.
그런 데서는 말조심을 해야 하는데
이미 뱉어진 말이 머리카락처럼 잘려 나갔다.

바닥에 흥건한 말들이 남아
헤어 나올 수 없는 검은 숲의 정글을 이뤘다.

길을 잃은 어린아이처럼 울고 싶어, 하지만
그보다도 부끄러워 더 깊은 숲으로 숨어들어 가고 싶었다.
누가 돌을 던지지 않았는데 돌을 맞은 기분이었다.

집으로 돌아와서
나는 긴 사과의 편지를 쓰고 싶었다.
며칠 밤을 새워도 마음에 드는 말로 완성되지 않았다.

주홍 글씨처럼 새겨진 보이지 않는
낙인자로

지워도, 지워질 수 없었다.

그건 끔찍한 사건이었다.

불을 켜라!

꺼져버린 불빛 하나 때문에
(그게 그 사람의 전부일 수 있는데……)
어둠 속을 홀로 걸어오는 사람.

그런 생각을 하며, 쉽게 잠을 잘 수 없지.
잠은 평화로운 순간에야 찾아오는 거니까

오늘도 어제와 같은 실수를 하지 않고 거실의 불을 켜네.
매일 같이 신이 파 놓은 여러 개의 함정 속에서
스위치를 켰다 껐다를 반복했지.

원하는 목소리가 아닌 다른 목소리가 튀어나오고
답답하게 선택의 정답을 맞춘 적은 별로 없지.
(모든 사람이 나와 같지 않길 바라네!)

1퍼센트의 가능성만 있어도 도전한다는 사람은 죽고 없고
아뿔싸, 중요한 순간에 멈춰 버린 시곗바늘처럼
제대로 나오는 볼펜이 없어 찾아 헤매는
현실에 절망하며 쩔쩔매듯,

시간은 밤 열 시가 다 돼가네.

고장 난 것도 아닌데
마음을 먹어도 할 수 있는 일이 기다림뿐이란 걸 알 리 없는
겁 많은 그가, 하루 일을 마치고 고단한 몸을 이끌며
집으로 돌아와야 하는 길이,
짧은 거리가 멀게만 느껴지네.

여기 이해하고 싶지만 이해할 수 없는
낮도 아닌 밤에, 그러면 안 되는 일이 일어나고
그런데도 양심 없이 불 끈 자는 누구인가?
도망치듯 성격이 괴팍한 그를 피하는 자, 누구인가?
비겁하다.

빤한 결말을 맞아, 꿈을 이룰 수 있는 일은 무엇이 있을까?
모두가 피를 흘리지 않고
알면서도 모르는 척 침묵하는 사람들이 밉네.

용기 내 싸워야 할, 나 또한

하지만 용기 없는 자는 어떻게 할 수 없는 일이 세상에는 많은 법.

그 때문에 걱정하는 사람, 피해 보는 사람들이 있고

자정이 넘도록
그는 아직 오질 않고 있네.

토요일 오후

순간적으로 든 생각은 영원히 나를 지배하고
믿음을 사기인 줄 알면서도 사기가 아닌 척,
겹겹의 꽃잎으로 포장한 끝에

분홍장미의 색에 이끌려 화분을 샀다.
(돈 때문에 잠시 망설였지만)

편의점은 친숙하니까 후회하지 않는 일처럼
만족스런 비유가 다정하게 이뤄지길 바랐다.
어젯밤 꾼 꿈이 간혹 생각나
기억하고 싶지 않은, 끊이지 않는 욕망처럼 덮어 두고 싶었다.

일정한 주거지 안에 있으면서도
모순이 많은 자신을 믿을 수 없다는 생각에,
감정이 심하게 흔들리는 굴욕감을 맛보아야 했다.

수단 방법을 가리지 않고
너무 쉽게 자신과의 약속을 어기고 마시는
다디단 커피믹스는 사후에 꺼내기 어려운

깊숙한 곳에 넣어 두거나,
쓰레기통에 버리고 있는 모습을 상상할 수밖에 없게 했다.

나도 사람이다, 고 외치는 사람과
다퉜다 곧 화해하고
파리와 나, 단둘이 있는 방안에서

드디어 창문을 열었다 닫았다.

파리는 수수께끼처럼 사라지고
무덤 속처럼 조용한 곳이 자라나 있었다.

울고 싶다고 울 수 있는 곳이 아니었다.

나를 사로잡았던 색으로도
지울 수 없는 우울감이 스며들고 있었다.

왜 짙은 건 어두워져 가는 것일까

잠깐 도망치듯 빠져나갈 일이 밖에 기다리고 있었다.

영원히 돌아오고 싶지 않지만
여기밖에 또 돌아올 곳이 없었다.

끝말잇기처럼 끝나지 않는,
누가 이 무거움 하나를 데리고 살까?

내가 나를 믿지 않으면 엉망으로 변해 버리는
엉킨 실타래처럼 풀어야 할 혼란스러움이 어항 가득,
무난한 이름이 될 수 있도록 설탕 묻은 도넛 한입 베어 물고 싶다.

한눈팔지 않고 마음에 품은 그 도넛 가게는
여기에 없는,
아주 먼 곳에 뿌리 박혀 있는 나무처럼
자신의 존재로 울타리의 한계를 뛰어넘은 적도 있어
위안하는 위대한 문장 수집가처럼
조심스럽게 빈방을 나와 찬 손을 따뜻한 주전자를 감싸 녹인다.

처음 터널 안으로 들어갔을 때의 당황 속에
시간은 흐른다.
흔들림 없이 어둠 속을 통과해야 만날 수 있었을 텐데
불편한 소파여야 했다.
확신을 가질 수 없는 일.
매일 차를 끓이고 세수를 하고 옷을 갈아입는 일상처럼

변함없이 한 곳만 바라보고 있는 이라면
가끔 사람을 믿고 싶을 때가 있다.
겨울 지나 따뜻한 봄이 오면 '아름다움은 후회하는 것이나'*
어김없이 뒤척이는 드넓은 밤의 침상에서
눈감아 외면하는 악몽에도 시달린다.

부도덕성에 활기를 잃고 얼어 죽은 금붕어.
지느러미와 꼬리로 쓴 누군가의 일기.
꿈 아닌 꿈이 없겠지만 꿈이라서 꾸는 꿈도 있다.

때론 할 수 없는 것을 신에게 맡길 용기도 필요한
이제 내 감정은 증오하지 않게 됐다.

1프로의 가능성을 위한 마음으로
터져 나오는 한숨을 억누르며 설거지를 하고……

보고 있는
고운 무늬의 옷을 입고 지나가는 사람이 있다.

그릴 수 없는 그림

그릴 수 없는 그림을 생각하고 있다, 그리고 싶기 때문에
그리고 싶은 열망이 너무 강해서 더 못 그리게 된,
며칠째 그릴 수 없는 그림에만 매달려
그릴 수 없는 그림을 그리고 앉아 있었다.
텅 빈 캠퍼스에

자신이 원하는 걸 그릴 수 있는
재능 있는 유능한 화가처럼
그릴 수 없는 그림으로 남아 나를 괴롭힌다.

버릴 것들을 꺼내 놓고 미련을 못 버리는 사람처럼
그려지지 않는 걸 그리려 하고 있다. 씨름하고 있다.
남모르게

억지로 그릴 수 없는 그림에 대한
그리움이 깊어가, 뼈에 사무쳐

그릴 수 없는 그림에 대한 집착으로
시름시름 앓다 망가지고, 못 쓰게 되려는 것 같았다.

그릴 수 없는 그림만 그리면 죽어도 괜찮다면서
그릴 수 없는 그림이 뭐길래, 그러는지 몰랐다.
아직 어둡지 않았다. 그처럼 말할 수 없이
그릴 수 없는 그림을 사랑하지만,
그릴 수 없는 그림을 그린다는 것은 위험해 보이는 일이었다.
그러나 멈출 수 없었다. 그리지 않을 수 없었다.
그려야 하는 사람이기 때문에, 그릴 수 없는 그림을
쉽게 포기할 수 없어 슬펐다.

할 수 있는 것을 다 하고 기다리면 되나!

'함께'라는 말은 누가 누구에게 건네고 싶은 비밀일까?

블라인드를 조금 올렸을 뿐인데
희미한 명랑이 빛처럼 되살아난다.

그러니, 그 시간에 다른 생각을 하는 건 어떻겠니?

네가 할 수 없는 걸 바라지 마라.
나를 부정하며 베어낸 자리에서 자꾸만 다시 돋는 새잎들
곧 추울 텐데, 안쓰럽다.

괜찮다가도 괜찮지 않았다.
모내기한 봄이 엊그제 같은데
신음소리 흘러나오는 밤.
욕 나오고 토 나올 것 같은 이 집착, 아무도 모를 텐데
꿈은 깰 수 없을 때 통증을 느낀다.

드디어 어둠 속에 아무것도 보이지 않게 됐다.
어둠에 익숙해져 버려

영원히 불을 켜지 않으면
어떻게 될까?

의리로 똘똘 뭉친 사람아!
저 먼 곳에 반짝이는 불빛아!

내가 봤던 포기의 흔적 대신
혼자 이러고 있어야,
현실이 아닌 드라마일 뿐인
티브이 시청을 할 수 있고, 갑자기 퍼붓는 폭우처럼
제정신으로 돌아올 수 있다.

이런 시

우리 집 앞이 어떻게 펼쳐질지 모르는
강릉시의 미래를 보는 것 같아
인기 미녀 개그우먼의 말처럼 '느낌 아니까'

젊게 쓰자. 젊게 살자, 대신
죽었다 깨어나도 쓸 수 없을 것 같은 이런 시.
어떤 생각을 서둘러 시 개발을 해야 하는데
제라늄, 두부, 양파, 조화만 잔뜩 늘어놓고
뭐 하나 제대로 되는 게 없어 의기소침한 오늘도
다 늙어 볼품없는 검버섯으로 뒤덮여 가는
처음 이곳에 이사 왔을 때부터 점점 시력을 잃어
거동이 불편해지는 앞집 노인은
밖에 내놓아 온갖 풍상을 다 겪은
낡은 의자에 앉아 무슨 생각을 하실까?
요즘 들어 궁금증이 부쩍 드는
한없이 쓸쓸해 보이는 얼굴.
이건 그냥 시 쓰기 연습이지만
연습이 있을 수 없는 모습 같고
미래파처럼 어려운 시를 삶 속에서 쓰는 사람들.
나홀로 선 키 큰 붉은 동백나무 집에

세 들어 사는, 결코 낯설지 않은 우리도
어우러져 피는 꽃처럼
어디서 떠돌다 왔는지,
서로 인사 정도의 낭만은 있어야 하고
희망을 나눌 수 있는 해가 뜨고 질 때까지
꺼내 보이고 싶지만 빈터 같은
너른 앞마당의 변함없는 분위기를 견뎌야 하는

관심처럼, 표현이 잘 되지 않는
마음과 능력을 따로 보관해야 할 때가 있다.

4부

응원

기억이 잘 나질 않는 엄마 꿈을 꾸었는데
얘기를 했지, 혼자 나눈 거나 마찬가지였지

창문은 언제나 열 수 있는 것, 잠그지 않으면……

차가운 아이스크림을 먹으며

녹지 않는 심장처럼
가장 숙연해지기로 했어

늦은 게 아니라, 이제 시작처럼

그러면 너희들은 잘 통하는 한 쌍의 커플처럼
지낸다고 들었어, 멀리서 바라본 나무처럼 변함이 없겠지

(서로를 생각해주는 꿈처럼)

시밖에 모르는 나도 약한 사람이다
그러나 강해지려고 노력한다

이제 문장을 만들어야 해

결핍된 거니까, 가장 원하고
가장 원하는 걸 잘하게 된 건 아닐까

명상을 하면,
다 버리고 호흡에만 집중해 봐

편애

아침에 일어나는데
침대 위에서 생각나는 희망이.

며칠 전에는 절망이 나더러
희망이만 사랑한다고
희망이 밖에 모른다고 따져 물은 적이 있었다.
내가 만나고 싶은 희망이
죽었는지, 살았는지, 어떤 눈, 코, 입을 가져
얼마나 예쁜지도 모르면서
정확하게 희망 중독자 같다고
울면서 대들었는데
희망이 없이는 못 살겠어서……

그래서 사람들은 없는 희망도 만들어
사나보다고 했다.

나는 가만있을 걸……

남의 일처럼
딸을 잃은 희망에게, 희망을 잃은 절망에게

그건 너무 가혹한 짓이었다.

돌이켜 보면
친구의 말은 맞았고

그녀는 빗속에서 유턴을 했다.
왜, 악수가 아니라, 악수를 둬야 했을까?

감정에 솔직해야 해
뒤늦게 주저앉아 상처를 어루만져 주었다.

오늘도 쉬지 않고

벼가 익어가는 황금 들녘에서
새를 쫓는 노부부가
하루 종일 두드리는 소리가 먹먹할 때

무리 지어 다니는 새 떼에게서
한 알의 곡식이라도 지키려는 두 사람을
이해할 수 있을 것 같다.

변함없이, 떨어진 낙엽이 수북한
뒤뜰을 쓸러 나가야 했다

예상대로 사체처럼 쌓여 있었다

꿈만이 아니었다.

빛

너무 환한 빛은 차가운 어둠을 낳기도 한다
숨어 있는 괴물이 없을 수 없지

주저 없이 버린 책 제목이 책에서 나왔다
버리지 말 걸 그랬나, 하는 생각이 든다

초고에 가까운 장미가 시들어 가는 아침

커튼은 바람을 향해 분다

입에 침이 고이는
위험한 순간마다
빨강, 파랑, 병뚜껑을 열면
하나씩 던질 수 있는

동화 속 이야기를 빵에 발라 먹는다

어젯밤, 색이 조금 선명해진 꿈을 꾸었습니다

어떻게 끝날지도 모를 일을 앞두고 있다

두부 요리

그냥 지나칠 수 없는 딱딱하게 굳어 버린 두부는
더 이상 두부 같지 않은 두부다.
두부라 부르는 것들 속에 들어가 있는
마치 너의 마음을 만지는 것 같다.
(지금 그렇지 않니?)
손에 전해져 오는 촉감은 낯설어
흐르는 물에 더 오랫동안 깨끗이 씻는다.
혹시 상한 것마저 뒤집으면
전혀 다른 뜻이 되는 두부와 부두처럼
찬바람 쌩쌩 부는
그 부둣가의 굴러다니는 벽돌마냥
각지고 무거운 분위기의 네 얼굴이 묻어 나온다.
여기엔 무슨 우여곡절이 있을 것이고
(콩 100프로가 아닌, 다른 첨가물이 섞이는 등)
이해하고 나면 마음을 훨씬 가볍게 가질 수 있다.
'겁은 없지만 무모하고, 반응이 빠르지만 성급한,'*
그 모든 단점을 극복하고서라도
우선 나부터 기대를 바랄 수 없는 상태에서
기대를 저버리지 않는 최선의 요리를 시작해야 한다.
재료가 나쁜 만큼 공을 더 들여야 할지도 모른다.

그렇다고 절망까진 아직 이르다.
세상에 나의 기분에 맞춰
욕구를 충족시켜줄 순수한 것은 별로 없는 것이며
예전에 내가 알고 있는 말랑말랑한,
부드러운 것 역시 마찬가지다.
먼 곳의 바닷물을 떠 와 직접 만들어 주신
외할머니의 손 두부만
사르르 녹아 전해 드는 기억 속에 남아 있을 뿐,
돌아가시고 없는 그 분처럼
이걸로 마파두부나 두부조림을 해 먹어야 할 것 같다.
둘 중 어느 것을 해도 괜찮으나, 당연하게도
잠시 고민의 시간이 필요하다.

우리는 서로의 그 시간에 지금 함께 있다,
누구도 생각보다 맥이 풀리기를 바라지 않는다.

짜고, 싱겁고, 졸아붙고,
타 버리는 순간을 맞이할 수 있지만
돌이킬 수 없는 실패는 용납할 수 없다.
냉정한 맛의 세계에선 정 안 된다면

약간의 속임수를 쓰는 것처럼
위대한 조미료의 힘을 빌릴 수도 있을 것이다.
어찌 됐든, 망칠 수 없는 한 끼 식사를 위한
눈물겨운 배려는 계속돼야 한다.
선량한 두부처럼.

* 메이브 빈치, 〈그 겨울의 일주일〉

하얀 집

핑크빛 봄이 오면, 후회 없는 꽃잔디를 심어 볼 수 있는
지금은 겨울이다.

깨끗이 감은 머리처럼 오늘은 맑고
바람이 스치는 이마에 태양이 제빛을 한 올 한 올 흘리고
있는
믿음을 저버리고, 또다시 두피가 가려운 건
그 바닷가의 하얀 집을 써 볼까 하고 짙푸른 바다 대신
성 마른 노트를 펼칠 때였다.
평소에 괴지 않는 베개의 습성처럼 바뀌지 않는
흰 공백의 울렁임이 나에게는
첨예하고 실험적인 바다처럼 막막하다.
그 흔한 갈매기 한 마리 없이, 부유물이 떠다니지 않는
드넓은 바다를 잠시 바라본 기억이 해변에 깔려 있다.

더욱 하얀 집은 낡아 있었다. 조금 더 더러워지고
당연하게 눈에 익지 않은 주변도 제각각 변해 있었다.
처음처럼 새하얀 집은 아니었지만
자동으로 가는 눈길을 거둬들일 수 없어,
난 여전히 그 집에 관심을 가졌다.

주차장과 객실이 몇 개인지 살피고
벽 대신 바다를 비추는 투명한 유리는
추운 날 양껏 들이고 싶은 햇빛처럼, 작심을 하고
당당히 눈앞에 펼쳐진 신기루 같은 실체와 마주 볼 수 있게 한
가슴 따뜻한 주인의 배려가 어둠을 밝히는 불빛 같았다.
하지만 이번에도 또 다음을 기약하고 돌아왔다.
그리고 조롱과 멸시, 비아냥이 없는 그리움에 늘 잠기곤 하는

무수한 오늘 같은 날도
직접 들어가 보지 않은, 스스로 좋아한 무슨 환상인가를 품고서

아무도 모르는 나만의 바닷가, 외롭고 쓸쓸한
그렇지만 사람들을 위해 언덕 위에 변함없이
혈혈단신 떨어져 서 있는, 작고 아담한 보금자리 같은 그곳에서
언젠가 한번 묵고 싶다가도
오랫동안 에너벨 리의 싸늘한 죽음을 가슴에 묻고

멀리서 바라보다, 그래서 애가 닳아
누구나 들어오길 반기지만 영원히 비밀에 부치고 싶은
연이어 밀려드는 슬픈 소식에도, 나는 고집스럽게 갈수록
하얀 집 밖에 모르게 됐다.

새소리

나는 집에서 집중해서 새 소리를 들어 본다. 어지러운 꿈자리처럼 산발적으로 들리는 새 소리. 우는 건지, 노래하는 건지, 지금은 울음을 뚝 그친 어린아이처럼 조용하지만 그 작은 얼굴이 붉어지도록 눈물에 콧물까지 흘리며 언제나처럼 다시 운다. 누구는 노래한다고 하는데 나는 운다고 쓴다. 왜 그런지 늘 똑같아 막막해진 리듬을 바꾸고 싶은데, 목소리를 바꾸고 싶은데, 새들은 주어진 사명대로 사는 사람들처럼 울 수밖에 없다는 걸 모르진 않아 간혹 듣기 싫은 새 소리도 있지만, 차별 없이 들을 수 있는 세상이 돌아올 수 있도록 시끄러운 새소리도 참았으면 좋겠다. 울지만 듣고 있으면 대체로 아름답다. 망망대해에서 어려울 때 애타는 구조를 펼치듯 슬플 때나 기쁠 때나 늘 함께하라는 주례사처럼 알 수 없는 새들의 세계에서 자기네끼리 서로 화답하는 것 같다. 내가 저들처럼 마음을 열고 이해할 수 있는 날이 올까? 어느 별에서 떨어진 운석처럼 혼자 외로울 때, 여기서 태어나 처음으로 새 소리에 고마움을 느꼈다. 이름도 모르는 새지만 지금까지와는 다른 느낌으로 다가와 위로하는 사람 같아서 새소리에 빠져 눈을 감고 듣게 되는 날도 있었다. 심심하지 않은 신세계가 따로 없었다. 퇴색해 버린 말, 계절의 여왕 5월에 마음먹기에 따라 달라질 어젯밤 꿈은 흉몽일까, 길몽일까, 상관없다. 세상 물정 모르는 순진한 건지, 변함없이 눈부신 초록의 향연은 빛나고 믿고 들을 수 있는 건 새 소리뿐. 적막을 깨고, 얼마나 큰 위안이 되는지 모르겠다.

허수경 시인을 생각하며

사라진 걸, 죽은 그 자신도 믿을 수 있나?

어느 날 홀연히 사라졌는데 사라지지 않은 것 같은
죽었는데 죽지 않은 것 같은 사람이 있습니다.
(죽었다고 하면 실례야. 왔던 곳으로 돌아가셨다고 해야지)
시인이 있습니다, 내 마음속에.

그래서 골똘히 생각합니다.
커튼을 만들거나 침구를 만드는 재봉틀 하는 솜씨가 없는 나로서는
상실을 쉽게 받아들이지 못한 사람처럼
그의 시보다, 그의 죽음을 생각하며

희미하게 빛나는 별 두 개는 너무나 멀고 가물가물하여서
고개가 떨어져라 쳐다보았던 그날 밤은
한 번도 만나보지 못한 아쉬움에
들어 왔다 나가기를 두 번 반복한 박복한 밤이었죠.

개나리 노란 봄꽃들이
딱 맞게 떨어지는 말들을 보며

이렇게는 갈 수 없는 노릇이라고 꼼짝없이 비를 맞고 흐느낍니다.
슬프지 않은 체 슬픔을 가장한,

가장행렬이 아닙니다.
바닷가 학교 운동장을 따라
오늘도 발을 맞춰 끝까지 믿고 갈 수 있도록 도와주세요.
(인성이 삐뚤어지지 않게, 똑바로 갈 수 있도록 바로 잡아 주세요)

함께 가야 이루어질 수 있는 결론에 도달하듯이
거짓말 안 하고 정직하게
그래도 그런 일은 하늘의 별 따기만큼이나 어려워,

이 시는 완성될까요?

올해의 나의 운세는 당연하지만 근면으로 승부를 걸어보라는 건데요.
운 좋게 좋아하는 사람이 생겼는데 마음대로 되는 게 없군요.

'아사'라고 했던가요?

배고픈 저녁
야채 사라다, 과일 사라다, 같은 말들이 튀어나오는 대신
그는 무언극의 배우처럼 침묵했고
일면식도 없는 생면부지의 예정자를 따돌렸다.

자신이 없는 노래는 아무리 불러준들 모릅니다, 몰라요.
알지도 못하는 노래는 왜 이렇게 슬픕니까?
(자신 있게) 그만 꺼줬으면 하는데

죽음만큼 깊이 탄식하는 사람의 흔적은
서로 생일날 미역국을 끓여주곤 하던
한데 묶을 수 없는 끈끈한 동지애들이 생겼고
어디로 갔을까, 벚꽃잎 휘날리는 길가에서
죽은 친구를 생각하는 나를 떠올리게 했고
점점 더 알 수 없다는 이유로 냉담함이 탄로 날까 봐 두려워하며
수수께끼 같은 텅 빈 죽음만이 기릴 수 있는
그를 추억하는 많은 사람들을 생각하게 했다.

슬퍼도 견딜 수 있는, 말 못 하는 고민 하나쯤 달고 사는 사람들이다.

스스로 또는 타의로, 위에서 아래로 매끄러운 계단을 타고 내려가
말없이 늘 가던 휴게실에 앉아 둘러본다.
언젠가 여기서 죽은 아버지가 다녀간 기척을 느끼며 쓴 것 같은 시를 읽은 기억이 있다.

둥근 탁자를 가운데 두고 빙 둘러앉은 의자들을,
아무도 없지만 마치 무럭무럭 숨 쉬는 아기의 숨결처럼
전에 있다 간 사람들의 느낌을 볼 수 있고 만질 수 있다.
그렇지만 그건 어떠한 펜을 쥐여 줘도 계속할 수 없는 계략이어서
거듭거듭 생각해도 안타까움에서 흩어질 뿐,
조금 싸늘해진 날씨에 누구도 읽어 주지 않을 것 같은
사라짐만 생각하면
바람처럼, 지울 수 없는 한계였다.

개박하

(허영에 사로잡혀 있어, 멈췄으면)

외모에서 벗어나지 못하는 것도 허영심이야
축축하고 그늘진 뒤란, 박하에서 벗어나지 못한
박하라고는 하지만, 아니면 스스로를 얽매는 구속이든가
위안, (기어이 다신 못 보고 죽나 했던 3월 이른 봄날,
작년에 심은 것을 보네)
누가 그립다고 했는가?
이제 감당할 수 없을 정도로 수가 불어
반갑고 소중한 겉치레로 치면 어쩔 수가 없지만
아무렇지 않게 보랏빛 꽃을 피우고
그렇게나 맡고 싶었던 향도 그대로인,
함부로 마음 변하면 안 될 것 같은데 박하
몇십 년 만에 보게 되는 그날 이후,
끝까지 이 노트의 끝까지 채워나가야 할 것 같은
일과에서 벗어나지 못하는 구속처럼
내가 그대에게 가해야 할 위해가 있나?
아무것도 모르는 얼굴로
세상 편하게 나와 있는 이 가슴 아픈 생명만큼이나
불붙는 아무렇지 않음, 도의적

시들어 버린 불꽃은 아니었으나
재처럼 흐트러져 버릴 착한 선
이대로 둘 수 없는 엄중함
더 늦기 전에 파헤쳐 드러내 버려야 할 암 덩어리
박하, 아니 각하가 자꾸만 떠오르는지
모르는 잡풀 사이로 제멋대로 새근새근 숨 쉬는
무작정한 사람 앞에 진치고 올라오고 있다
선부른 약속은 하지 않아서
목청껏 부르는 노래처럼
온전할 수 있으면 온전할 수 있을 것 같은
제1, 제2, 제3, 죽어버릴 나의 박하
책임 없는 손장난 말장난을
얼마나 많은 욕을 보아야만 그만할지,
차를 끓이고 나물도 무쳐 먹을 수 있는 홍으로
선부른 약속 대신에, 각자가 자기 예뻐하는 줄 알고

아모르파티

한 사람의 뒷모습이 앞에 오래 앉아 있다
뒤돌아보지 않는다
그래서 궁금했다
앞으로 뛰어가 볼 수 없는 앞날처럼
참았다

햇볕이 잘 드는 창가에 앉아
책을 읽고
눈앞에 펼쳐진 눈밭을 걸었다
한 번도 키워본 적 없는 고양이를 만났다
살아본 적 없어서 헤매는 것처럼 지나갔다
걷고 싶고 걸어야 할 것 같아서 걸었다
처음부터 끝까지, 바닥끝까지
사랑을 하면 길이 보인다
달콤한 아이스크림을 먹는다
별이 쏟아졌으면……
찾아들 데가 없고 숨어들 데가 없는 눈밭이었다
그나마 고양이를 만난 건 행운이었다
따뜻한 고양이
한밤중, 내가 소리를 고래고래 질러도

고요한 우리 동네만큼 넓다
맞다, 어지러웠지
이제야 생생히 떠오른다
어지러운 내 발자국, 자꾸자꾸 연습을 시켰던
다시 들어 보고픈 눈 발자국 소리
몸을 신전에 바칩니다
어느 집에는 애써 굴뚝 연기가 피어올랐다
바람은 눈보라를 일으켜 세웠다
나는 나를 모르는 나를 점점 알아갔다

아모르파티, 이건 뭔가?
아무도 모르게 눈에 띈다
아주 우연은 아닌 것 같다

또 다른 아침

(어제저녁은)

쓰러진 나무가 꽃을 피운 줄 알았는데
꽃이 피었다가 쓰러진 거였네

물은 만나서 흐른다지만
고인 듯 지저분했고
오월이지만, 한여름 같은 화상을 입을
이 옷은 그만 입을 때가 됐고
당장 저 나무를 안아 옮겨줄 사람은 아마 없을 거라네
살아본 이곳은
누구도 일부러 찾아오지 않을 데고,
그 때문에 가끔 생각날지도 모른다
방치될 나무여! "내일 다시 와, 이걸 써야겠어,
영혼 없는 밥보다 나아."했던 나는
너를 밟고 건너가 볼 불온한 상상을 한다
뿌리 뽑힌 꽃들은 죽어가고
"왜 이렇게 됐지?" 잠시 근처 풀밭에 꽂아둔
붉은 정비공사 깃발이 나부낄 동안에
바로 아래의 하천은
치욕 같은 침묵이 얼룩져 있었다

아플까 봐,
포기 대신
우울한 문장을 써왔다

같이 행복해야 나도 행복할 수 있다는 것을
알았습니다

나무는 희망을 버리지 않았다

주의보가 내린 어젯밤 강풍은
거기도 불었단다

남은 바람이 마저 부는 걸까

꽃 진 자리가 붉다

아픔이 변화를 열망하는 걸 누가 뭐라 할까

병색이 완연한 키 큰 나무는 한 가지 생각만 한다
한 가지는 비밀이다

그러나 누구나 보면 알 수 있다

나이 든 부부가 소풍 나와 같은 곳을
바라보며 앉아 있다
따뜻한 볕처럼 손이 등을 어루만진다

흰 나비가 난다
의미 없는 의미처럼

기대하지 않는 기대처럼
어떤 꽃은 이제 피기 시작한다

봄은 기대하기 좋은 계절

전화를 하고 나서 하기 전보다 기분이 별로다

다시 걸어야 할 것 같다

아까부터 좋아하는 아메리카노를 한잔
마셨는지 물어보고 싶다

시간을 핑계 대며 미룬다

부패한 냄새는 어디서든 난다

부재

“다시 방으로 들어가야 할 것 같다”,

당신은 여기에 깔린 작은 카페트의 문양처럼
좁고 쓸쓸한 내막을 모르겠지만

이 말을 왠지 그냥 지나칠 수가 없어
눈앞에 데려다 묶어 두고 보았다
예상대로 심상치 않은 말 이었다

그런데도 아직 거실에 있다

아예 창가 쪽으로 자리를 옮겨 앉아
풍경을 바라보았다
유리는 존재하지 않는 사람 같았다

풍경과 마주 보고
누군가를 기다리게 되었다
누군가의 기다림을 받는 누군가는
누군가 기다리는 줄도 모르고 멀리에 가 있을 것이다

지나가는 사람이
내가 봐도 이상한 나를 보고 뭐라 할까 싶지만
그것에도 아랑곳하지 않고
이제 기다리는 것이 누군가를 떠나
희미해진다

사람에게서 사람이 아닌 것으로
옮겨간 것 같다

시들어가는 잎과
싱싱한 노란 꽃 사이에서

들어가기 싫지만 아무래도 나는
다시 방으로 들어가야 할 것 같다

일기장을 태우면
비밀을 쓰기가 훨씬 수월해진다

별안간 문득 속았다는 생각이 뒤늦게 든다
누군가는 피곤하여 오늘은 나를

만나고 싶지 않았을지도 모른다

집 밖에서
아무도 나오는 걸 못 보았다고 한다

충분히 그럴 수 있다고 생각하자, 미안하면서도
불을 켜야 하는 저녁이 오자 곧
머릿속이 밝는 것처럼 환해진다

이태원 참사 10대 생존자 A군의 휴대전화에는
'곧 친구들을 보러 가겠다'라는 메모와 날짜가
적혀 있었고, 그가 남긴 마지막 동영상에도
'엄마 아빠에게 미안하다, 나를 잊지 말고
꼭 기억해 달라'라는 말이 담겨 있었다고 합니다

보세요.

기억으로 물들어진 밖은 화목하고
그래서 막 행복하고 싶고
정말 살짝만, 그럴 수 있다면

믿을 수 없지만

내일이면 사라질 기사를 다시 한번 본다.

기억이 뭐라고

기억해 달라 할까.
누구든 기억해 주기 바라면서

기억 속에 살아 있고 싶은 마음.

잊히면 그만이라는 것을 알았던 것이다.

슬프게도

기억해 주기만 하면 될까

다른 건 몰라도

기억만 할 수 있다면 잊지 않고

기억할 것이다. 가슴 한켠이 아려 오는 아픔을

썼다. 최대한 사심을 버리고. 기억할 수 있도록

기억하고자 하는, 이태원 참사 희생자들의 죽음은 참혹해서

그만큼 차가운 기억 속에 묻히고 말아

아이도 뒤늦게 죽지 않고 똑같이

곁에 있다는 생각이 든다,

나에게는 친구가 아직 살아 있는 것처럼

영원히 잊히지 않을 것만 같아

기억하는 한.

이 시도 찾아온
이유가 분명 있을 텐데
그건 기억할 수 없는 친구와의 우정 같다,

피보다 진한.

액체로
많은 시간이 흘러,
더 이상 흐르지 않는 기억 속에 머물러 있을 것이다.

누군가
따라 쓰면 편하다.
닥치는 대로 읽는다.
그러다 보면 나아지는 일이 생길 것이다,
때론 기억함으로써 가능한
그러려고 한다.

버티기

깊은 밤의 머리맡에 앉아 변함없는 시간을 가져 봅니다,
누구의 방해도 없이.
그러나 말속에 들어 있는 투명한 것을 꺼내 보일 수 없습니다.
희미한 좁쌀만 한 것일 수도 있고, 커다란 공룡알만 할 수도 있습니다.
차갑지만 예외 없이 없을 수도 있습니다.
피는 벚꽃과 전혀 상관이 없는데 벚꽃 같습니다.
뜨거운 혈류를 타고 흐릅니다.
검은 복면을 한 이것은 마치 산 사람에게 죽은 사람이 한 말 같습니다.
죽은 사람이라면 할 말이 많은데, 그러므로 속마음을 감추고 있는 것처럼
아는 것도 모르고 모르는 것도 모릅니다. 온통 뒤죽박죽입니다.
그렇다고 진짜 까맣게 세상이 절망할 필요는 없습니다.
이것은 나의 일로, 걱정이 쌓여 가는 것처럼 우체통 속에 편지 대신
작은 나뭇가지와 잎들을 물어와 남몰래 지어낸 새집만 해도 몇 갠데,

아직은 그걸 치울 생각이 없습니다.

오늘의 상한 피부도 회복되고, 관계도 돌아오길 바라는 부지런한 새처럼

앞으로 어떻게 될지 모르는 말은 누가 지어낸 말일까요?

자격이 없는 말은 누구의 총애를 받는 말일까요?

담요로 둘둘 말릴 때의 포근함을 느끼나요? 그렇다면 정말 죽겠어,

못 살겠어, 외치는 코로나 블루에 대처하는 적극적인 방법으로 추천합니다.

누구든 외면하듯, 눈을 감지만 말라 하고 싶습니다.

환자처럼 깊은 잠에 빠져 버립니다.

마음이 아프면 다시 만나 안아 주고 싶지만, 나만 쓰는 공간이므로

문을 닫고 오면 말은 벌써 사라지고 없습니다.

실종자처럼 사라진 말을 찾고 있습니다. 꼭 설득해서

살릴 궁리를 해보지만 궁리 말고는 없습니다. 딱하게

두 시까지 여기에 있을 겁니다. 버틸 겁니다, 손 놓고 아무것도 할 수 없이,

목숨보다 소중한 건 없기 때문입니다.

양이

다른 걸 선연히 느낄 수 있었다
환경에 따라 그렇게 다를 수도 있겠구나 생각했다
눈빛이 모든 것을 말해 주었다
지금 처한 상황이라든가, 애처로움을

그곳에서 읽었다
아무도 배고픈 길고양이에게 밥을 주지 않았다
굶어 죽어가는 사람과 다르지 않았다, 나 역시도

어제저녁 주차된 차 밑으로 들어간 길고양이와
잠시 눈이 마주쳤을 뿐, 과일을 먹고 있었다
이거라도 줄까 싶었지만
모두들 동네 쥐를 잡아야 하기 때문에 주면 안 된다고 했다
그러는 사이 고양이는 사라지고 없었다
그런데, 그 눈빛만은 잊을 수가 없다

그러던 어느 날,
집고양이처럼

새로운 양이가 태어났다

누군가 따라 부르기 쉬운 이름을 대신 붙여준 것이다
하루가 다르게 변해 가고 있었다
그때마다 다시 화제가 된 양이를 놓고,
말로 다 할 수 없는 것을 묻지 않을 수 없었다

눈앞에 보이는 믿을 수 없는 사랑의 변화란 뭘까?

우리는 다 같이 모여 서로가
죽으란 법은 없나 보다, 했다

모자

안 쓰고 싶었지만
안 쓸 수도 없는 나는
탈모 걱정을 해야 하는 아들에게 조언한다
각자의 취향에 따라
그날의 기분에 맞는 모자를 쓰고 외출을 하지만
될 수 있으면 모자를 쓰지 말라고
산소 공급이 잘 안돼, 모근이 약해질 수 있다고

모두들
모자처럼 쓰고 사는 기억들, 거리에
밝은 모자를 쓴 사람. 어두운 모자의 사람도

피로처럼 쓴 모자를 벗고

바람도 부는데
모자 든 손을 높이 들어 지나가는 이웃에게
인사를 건네면 어떨까

남들과 똑같이
나는 나밖에 쓸 수 없어

어둠에 적응될 때까지 불을 켜지 않는 밤

한 번 더
모질게 자리를 지키고 앉아
언뜻 본, 지지해줄 무슨 뜻깊은 말을
생각해 내도록 한다

못

시간이 흘러도 헐거워지지 않는 못이
그대로 박혀 있다.
잊고, 지나친 것이다.
상상할 수 없는 일이 가끔 벌어지기도 하니까

잊으면 안 되는 교훈처럼

더 이상 미룰 수 없다는 걸 알았을 때
작은 의자를 딛고 올라가 못을 빼냈다. 못이 빠졌다.

아름다운 액자가 사라진 벽은, 보기 흉할 수도 있지만
행동하지 않고 두고 보는 괴로움이 더욱더 커져
무슨 일이든 주저 없이 해야겠다고 마음먹었다.

선명한 못 자국을 바라보고 섰다.

한동안,

깊은 그곳에서 빠져나올 수 없었다.

상처가 언젠가 아물어
사라질 것 같은 예감이 들었다.

싱그런 초록의 새잎과 흰 꽃이 투명한 봄이었다.

아이도 따라, 나무처럼 고군분투하는 어른이 되었다.

분수

오랫동안 생각해왔던 게 있다
눈앞에서 잠겨 버린 분수를 그리는 일이다 (잠깐 틀어주고)
야박한 처사
힘에 부친
그 길었던 시간
보이지 않는 것은 영원히 사라져 버린 건가?

오늘이 같은 날은 아니다, 라고 밖에
감히 말할 수 없는 희열, 가슴을 활짝 열었던가?
바람과 햇빛, 여기에 따사로이 떨어지는
수면 위의 물줄기, 쓰는데 순간 울컥한다
(아! 도열해 있던 아름다운 표현이 얼마나 많던가,
그 주변으로 평화로이 떠가던 청둥오리 세 마리)
나른한 오후, 도 레 미 파 솔 라 시 도
책이 주는 안락과 분수와 호수의 도시

이리저리 만지다
뜻밖에 똑 부러져 버린 꽃가지
여리고 생생한
피도 눈물도 없이

아득했던 비명 소리, 굉장히 멍청한 속수무책

이 책을 읽는 동안 슬프다
마찬가지로, 맘껏 웃을 수 없다는 건 슬펐다

부러진 꽃가지를 땅에 묻고 계속해서
다음날 당신이 그곳으로 간다면
다시 살아나 뿌리를 내리는 걸 볼 수 있다 (얼마든지)
야호! 또는 안녕! 하며

마술적인 분수의 결말

스스로의 혁명이 날아들 때까지

좋은 날의 기록이어야 합니다 어제보다 덧없는 것들이
한껏 뽐내는 맥시멈을 기르고 있습니다 그 한복판에 들어가 있는 것처럼
함께 숨 쉬고 더불어야 하는 의미를 가집니다
의무를 의미로 탈바꿈시켰습니다 너무 딱딱하여 어울리지 않는 강물입니다
보이지 않는 흐름을 느낍니다 부드러움에 복받쳐, 혹은 혹해서
아무 생각 없이 따라가다 보면 하루가 저물고 차가운 밤이 잦아듭니다
점점 나아지는 어둠이 있습니다
밝은 만큼 소량의 소생의 기미가 보입니다
인공호흡을 시키는 비행기 소리가 천운을 뚫고 지나갑니다
통증은 수면 깊숙이 가라앉고 있습니다
나갈 채비를 서두르는 대신 물고기들이 그 주위를 헤매며 위무합니다
차례로 피는 꽃들이 병원을 감시합니다 화사하게 말해주는
심장 같습니다 진심을 다해 머금고 수분을 빨아들입니다
싱싱함 그 자체는 나무랄 것이 못 됩니다 나비를 불러와

도 되겠지요

연약한 작은 양 날개에 무거운 물음표를 얹어야 할지, 고민보다

확신을 갖고 침묵의 최선을 지킵시다 생명력이 끈질긴 조화로운 잡초여야 합니다

조화보다 생화를, 스스로의 다짐을 창문가에 꽂아두고 봅니다

무엇이든 예사롭지 않아, 예사롭게 바라볼 수 있을 것 같아요

마음을 열면 바람이 불어오고 폐쇄된 곳의 민낯을 낱낱이 드러낼 수 있습니다

무너지지 않는 바닥 위에 앉아 있는 사람도요

창살 없는 감옥에 갇혀 해방될 날을 꿈꿔봅니다 고백은 고백일 뿐,

꼭 노랑나비여야 할 필요는 없어요